COCINA PARA MÍ

Cocina para mí ©

Teresa Palop

Círculo Rojo
EDITORIAL

Primera edición: agosto 2017

Depósito legal: AL 1473-2017

ISBN: 978-84-9175-338-4

Impresión y encuadernación: Editorial Círculo Rojo

Editorial Círculo Rojo

www.editorialcirculorojo.com

info@editorialcirculorojo.com

Impreso en España - Printed in Spain

El papel utilizado para imprimir este libro es 100% libre de cloro y por tanto, **ecológico**.

Agradecimiento/Special thanks

Mi más sincero agradecimiento a Nick Gentry por dejarme usar unas de sus increíbles obras de arte para la cubierta de mi libro.

I would like to thank Nick Gentry for his kindness in allowing me to use one of his beautiful paintings for the cover of my book.

http://www.nickgentry.com

Para y por mis amores y pasiones

One cannot think well, love well, sleep well,
if one has not dined well

Virginia Woolf

Índice:

PARTE I

The trouble is, you think you have time
Buddha

Cada historia empieza un día como hoy, con un despertador y su tictac, con un desayuno apresurado. Cada día un milagro al estar, pertenecer, sonreír, y cada día una ruleta rusa.

Me olvido de disfrutar por última vez de la simplicidad del momento, del aleteo de los pájaros junto a la ventana entreabierta y de la brisa cálida y despreocupada del sur, y de un sorbo desperdicio el aroma del café recién hecho, dando por sentado su amable empujón en las mañanas que se hacen cuesta arriba.

Inconsciente por completo del giro que puede dar la vida, paso de largo en mi caminar el parque donde el olor a tierra húmeda embriaga y las colinas de césped invitan a rodar, sin apreciar el bienestar que poseo, la felicidad reposando en la punta de mis dedos, lo fácil y trivial que es aún todo en esta dimensión única y simple en la cual cada ficha encaja a la perfección con la siguiente, y reconozco cada rincón del laberinto que habito.

—Sí, mis temores se confirman, lo siento muchísimo.

El tiempo se ralentiza.

La certidumbre se diluye.

Las caras se enturbian.

Las palabras caen sobre mí como guijarros que no llegan a alcanzarme y con ellas las prisas y la arrogancia, que se llevan en su partida al águila que entró y dejan en su lugar un pequeño pájaro asustado que cabe en la palma de una mano.

Advierto pequeños detalles de la estancia, papeles caídos en el suelo, un cristal roto en una esquina y la pata oxidada de una silla, pero no consigo entender el significado de ese puñado de vocales y consonantes que se han desdoblado y multiplicado en un abanico de formas y planos complicados, ambiguos y obtusos, oscuros y afilados.

Mi cabeza pierde el rumbo y el estómago me da vueltas.

La acogedora alfombra que hasta hace unos segundos permitía que mis pasos se deslizasen con suavidad rueda y desaparece, mostrando al descubierto un adoquinado resquebrajado bajo mis pies, un pavimento que se abre y me deja, desconsiderado, caer en picado por entre sus fisuras, sufrir un brutal impacto que rompe algo que nunca supe que poseía, pero duele tanto, tengo seguridad no lo podré reparar jamás.

*****

Llego a casa sin saber cómo, y con gran alivio cierro la puerta con llave y corro todas las cortinas, con lo que la dejo en penumbra. Juraría que tengo fiebre, el roce de la ropa me molesta y tiemblo como una hoja.

Desorientada, tropiezo con los muebles camino al baño y rebusco entre los medicamentos algo que me hiciese sentir mejor, que me calmase y permitiese dejar de andar de un lado a otro como una lunática.

Parte del tiempo desaparece del resto del día. Lloro, me agoto, mal duermo y al abrir los ojos una vez más no sé dónde estoy, ni si han pasado horas o minutos. De fondo se oye el tráfico, el ajetreo diario y me siento sola y olvidada, tremendamente ofendida por el continuar de la normalidad. Con pavor me atrevo a preguntarme qué pasaría si yo ya no estuviera. ¿Acaso desaparecería sin rastro una huella tan pequeña entre tanto paso acuciado? ¿Se alteraría siquiera una honda del mar?

De repente, o más tarde, me siento al borde de la bañera, y pierdo la mirada en el agua que crece y hace espuma al golpearse con ella misma. El vapor me difumina y las paredes del baño retienen cualquier ruido exterior, amparándome segura entre esta neblina, escondiéndome de una realidad que ni el cristal puede devolverme.

Percibo con sorpresa que mi respirar, aunque acelerado, es rítmico y persistente, como si nada hubiese cambiado, y murmuro estos vocablos en voz alta, dejo que cosquilleen mis oídos un instante, a pesar de saber a la perfección que son mentira, que el mundo ha virado del revés y yo soy una auténtica desconocida.

La ropa cae a mis pies y me sumerjo en un calor excesivo, pero que destensa mis músculos *ipso facto* y procuro relajarme. Me entretengo inventando un nuevo idioma, menos abstracto, donde expresiones como «para siempre» no existan y sea posible prescindir de todos aquellos términos que han pasado a ser imprecisos y dañinos como zarpazo inesperado y ante el fracaso me agito convulsiva, forcejeo con claustrofobia dentro de mi propia piel e intento hundirme totalmente y que el agua compasiva me arrope y aplaque, o que acabe conmigo.

Entre sollozos le busco un sentido a lo que acecha detrás de estos muros, queriendo domar sentimientos nuevos y confusos, terror inimaginable, y tomo aire a bocanadas desacompasadas, sumergiéndome hasta que los pulmones duelen, y otra vez, y una más, buscando respuestas que no llegan, acusando a culpables que sé que no lo son e imaginando túneles que me permitiesen escapar del destino aun sabiendo que es imposible.

Es una eternidad hasta que mis latidos golpean el sosiego de nuevo, y mi cuerpo arrugado y completamente helado se estira para alcanzar una toalla.

Me seco de una manera brusca y descuidada, y vistiéndome rápido cruzo descalza la casa hasta el tabaco. El cigarrillo se consume lento entre mis dedos, como los segundos entre estas murallas.

Suena el teléfono varias veces. Lo ignoro. Llega la noche, pero apenas descanso.

Me convierto en una autómata a la que sorprendo al buscar comida cuando su estómago ruge o que dormita al caer rendida en cualquier recoveco de la casa, y anido en esta rutina hasta que el timbre de la casa lo rompe una mañana.

—Abre, por favor —me pide una voz conocida—, sé que estás en casa, la portera te vio llegar.

Recapacito mi indiferencia y me levanto para abrir; atravieso la sala en completo desorden. Revistas esparcidas por el suelo, cajones sin cerrar, la tele todavía encendida que proyecta cualquier cosa sin relevancia, ropas arrugadas en el sofá…

Tiro del pomo de la puerta y, sin mirar ni saludar, me doy la vuelta y me dirijo a la cocina.

—¿Pero qué te pasa? —me recriminas siguiéndome a mis espaldas—. ¿Dónde has estado? En la agencia estamos preocupados, no apareces ni contestas a las llamadas. ¿Qué diablos tienes?

—No tengo que daros ninguna explicación, necesitaba unos días y lo que he hecho es tomármelos —te respondo descortés, y entonces tú vacilas y el tono de tu voz se endulza, entretanto yo rebusco en un armario cualquier cosa sin importancia.

—Esa no es la cuestión —dices casi en una caricia—, no sé por qué tienes que envolverte en esa actitud de frialdad si sabes que me importas.

«Sabes que me importas», confiesas, sin saber la avalancha que estos vocablos provocan en mi cabeza. Sabes que me importas… Sabes que me importas… Los escucho una y otra vez mientras mi boca te dice algo diferente por completo de lo que quisiera.

—Necesito que me pongas al día de lo que ha pasado en la inmobiliaria, de las ventas o contratos que se han firmado —corto en seco tus palabras y mis debilidades.

El silencio se hace el dueño por lo que parecen siglos y me doy cuenta de cuán injusta soy, de que me resbalo cobardemente de tus ojos interrogantes, pero ¿cómo podría yo explicarte algo que no entiendo? ¿Para qué querría yo confundirte así? ¿Para que tú al igual que yo traspases esa línea imaginaria que ha rasgado el tiempo, que separa el antes del después, que rechazo y lamento pero que divide sin remedio? Franja que arrasa la inocencia y quiebra el espejismo de la inmunidad que creemos vivir cada día de nuestras existencias, que acaso cambiaría nuestras miradas y nuestras conversaciones llenas de complicidad tornándolas en compasivas, destruyendo del todo lo que fui, lo que soy aún en tus ojos.

No quiero, perdóname, pero no lo consiento.

Te necesito tal y donde estás, en el pasado, porque así soy capaz de agarrarme a su recuerdo gratificante, acurrucarme y hallar refugio en tu ingenuidad, refrescarme en tu desconocimiento, y de nada sirve que tus pupilas intenten perforar mi determinación, no puedo dejarte entrar, abrirte una puerta o ventana siquiera, porque tú también me importas y la ignorancia es a veces bendición; me niego a ser yo quien te la pisotee enseñándote qué fácil se derrumba una torre de naipes que hasta hace poco pensábamos era imbatible.

Sostenemos las miradas y, aunque no sé muy bien lo que piensas, sé que no puede ser lo mismo que yo, porque tú y yo ya no somos iguales; a pesar de que siempre fuimos parecidos, ahora somos dos extraños que se observan por primera vez.

Estoy frente a ti, pero me encuentro en un universo paralelo, un lugar que todos sabemos que existe, pero que en realidad no comprendemos hasta llegar, un infierno que me ha sumido en un caos insospechado y que mi intelecto es incapaz de descifrar. Aún no consigo entender por qué sin piedad alguna me han arrancado los sueños de encima de la almohada sin considerar mi lucha o méritos, debido a qué se me ha desposeído de mis atesorados orgullos y logros conquistados, ni cómo es posible que todo ello haya quedado reducido a cenizas a mis pies, como si nunca hubiese valido nada, como si yo no tuviese importancia alguna.

Con un solo roce, con apenas un leve coqueteo, la certera muerte me ha sometido a una metamorfosis extrema y desgarradora, transformándome el rostro y el carácter con su cruel tortura, creando un ser diferente que no se asemeja a nadie remotamente familiar. Me ha separado involuntaria e irrevocablemente de los que me conocían, reagrupado con gente tocada y mellada por ella, arrojándome a los brazos de sus ánimas penitentes sin miramiento alguno, y tú, tú no te hallas entre nosotros, ni aunque quisieras podrías siquiera aproximarte y por eso no noto conforto en tu mirada ni en tu presencia.

Es esto lo que siento, que tú ya no puedes caminar a mi lado porque eres parte de los afortunados que, aun adormecidos, sonríen con confianza, y por más que te lo intentase explicar, no entenderías los términos; son alienígenas para ti, forasteros.

Así que te rehúyo y evito que veas en mí tanto miedo como puede encerrar una persona, que descubras mi abatimiento, porque soy coqueta y todavía me crees fuerte, y eso me gusta.

Son todas estas las razones por las que recopilo la poca fuerza que me resta y, callándome, te empujo hasta marcharte, porque eres la única bocanada de aire fresco en medio de esta vorágine y no debes extinguirte.

Tras el enorme portazo, me acerco a la ventana para verte salir del portal, y aun cuando te disuelves entre el gentío, yo me quedo a ver las luces vecinas hacerse cada vez más intensas, hasta que empieza a llover y el agua caprichosa salpica los cristales y surca caminos incomprensibles y paralelos por el vidrio, que lo engulle todo.

*****

Me vuelco en el trabajo, que anestesia. Quiero más informes, más reuniones, quiero otra visita a ese apartamento cuya venta nadie entienda tenga tanta importancia para mí.

—No, marchaos vosotros, yo acabaré de redactarlo. Sí, también llamaré yo antes de irme, y vendré un poco más temprano mañana para dejarlo todo a punto, hay tanto tráfico los viernes que no quiero arriesgarme a que lleguen antes que yo y algo esté sin finalizar.

Un día se sobrepone al anterior.

—¿Fue el miércoles o el jueves? No, no, fue el viernes, me acuerdo perfectamente.

Acumulo tareas y compromisos sin tiempo para pensar en nada, en especial en cómo caiga la lluvia.

*****

A pesar de que el taxi me lleva deprisa por entre las callejuelas del centro de la ciudad, llego tarde a la cena, y me disculpo ante tanta sonrisa blanca que me saluda.

Alguien toma el abrigo de mis hombros y me ofrece asiento solícito, le agradezco el gesto con algo de indiferencia y me adentro en la conversación ya iniciada.

Hablamos de vinos caros y lugares exóticos, de coches y lujos frívolos, y el calor del alcohol me amaina y me dejo llevar ante esta dicha tan limitada. El hormigueo tóxico de las bebidas insiste en la corva tras mis rodillas, detona mi sonrisa con facilidad y rescata una y otra vez a mi mente, que va y viene.

La cena se alarga como una película sin sentido, y solo al entrar en los postres, atajamos el contrato que nos ha reunido, de gran importancia para la inmobiliaria. El clima se tensa ligeramente y rellenamos las copas de licor ahogando los temperamentos, consiguiendo de nuevo que las bromas afloren. Yo me río de los chistes simplones de los propietarios del inmueble y su abogado, hombre de manos cuidadas que ha desplegado sus encantos para mí durante toda la velada.

Primero noto unos dedos de perfecta manicura posarse sobre mis rodillas, escalar mis muslos con sutileza y quieta, con la mirada fría y charla animada, le dejo hacer. Poco me importa perderme todavía más, la noche será más corta y el trato más fructífero.

Compartimos taxi y camino de vuelta, y mantenemos en mi apartamento sexo etílico y desesperado que detiene solo por un instante el vacío que crece. Sexo de cuatro letras y pocas palabras más.

De mañana, el despertador me golpea como si hubiese caído desde el techo. El hombre yace desnudo entre mis sábanas y en el suelo su cartera abierta deja entrever una foto de familia en perfecta pose. «Buenos días, idiota», me digo.

Me ducho con agua helada y después, mientras bebo un vaso de leche en la cocina, aparece su silueta atravesando la puerta, sonriéndome, pero yo no le devuelvo el gesto, solo una frase que disparan mis labios.

—Jamás has estado aquí, porque tu mujer y yo no tenemos ganas de conocernos.

El hombre recoge su traje arrugado y cierra con brusquedad la puerta al salir.

El tictac del reloj en la casa vacía es igual que el de aquellas noches de mi infancia en las que apenas dormíamos.

Yo sabía que mamá estaba despierta, y ella que lo estaba yo, pero ambas respetábamos un pacto de silencio y evitábamos cruzarnos por el pasillo.

Caminábamos a tientas en la penumbra, sin darnos ni un tropezón, pues conocíamos cada recodo y la posición de cada mueble e íbamos de los cuartos a la sala, de la sala al baño, del baño al comedor, del comedor a la cocina y volvíamos a empezar, en un tiovivo absurdo sin principio ni final.

Perseguía el contorno de mi madre desdibujado por la oscuridad de la noche y oía su resuello sin hacer ruido, sentía su angustia en el aire y el frío de sus pies descalzos. Parecía un fantasma, tan blanca y de blanco, un alma en pena que encendía luces y, más tarde, apagaba, en un hábito casi diario.

Aquellas noches eran frecuentes, pero no por ello me adapté a ellas ni las llegué a sentir como normales. Aunque no conocía otra cosa, lo intuía, sabía que había otros modos y me ponía nerviosa en cuanto el sol se ocultaba, me preparaba para ocultarme yo misma y permanecer atenta y al acecho de cada ruido, para entrar a formar parte de esa cadena que sería quebrada solo a altas horas de la madrugada, con el tintineo prolongado de las llaves en la cerradura de la casa.

Era entonces cuando mamá salía de su trance y ambas corríamos a nuestros cuartos, yo guiándome con un dedo en la pared, sintiendo en mis yemas el relieve de cada descascarillado tan familiar como el resto.

Los ojos de mamá brillaban en aquella oscuridad e iluminaban la escena, su carrera intranquila y mi mímica veloz, el drama al que un nuevo personaje se había unido, papá, que se arrojaba en el diván con todo el peso de su cuerpo y se dormía de inmediato, con la pajarita medio desecha envuelto en un olor dulzón y turbio, ignorante de tanta expectación. Ajeno a una mujer que, tras espiarle el sueño desde su estancia, se le aproximaba al tener certeza de que su sopor era profundo y entonces se atrevía a sentarse junto a él y pedirle explicaciones, tal vez otra novela de amor más apacible, y por igual, ignorante de la pequeña sombra de triste mirada, que tras el telón y protegida por el grueso cortinaje atisbaba cada detalle de aquel sufrimiento.

Tengo esta mañana una visión muy clara de aquellas noches y a salpicones recopilo esos momentos pasados y vuelvo a mis escasas memorias, con ganas repentinas de excavarlos y reconstruirlos, de saber quién fui y afianzarme a esa persona, de creerme imprescindible y que sea imposible que este loco mundo vire sin mí.

Rebusco entre mis documentos y fotos antiguas guardadas en cajas que ni recordaba e invento amuletos con cada diminuto objeto que hallo del ayer, por absurdo que sea, procurando en él una fuerza interior, una prueba irrefutable de mi significancia.

En un misal amarillento busco al Dios de la infancia, el benevolente que todo lo podía, y le recuerdo quién soy y que no hecho daño alguno más que a mí misma. Me emociona una imagen en blanco y negro que no sé a quién pertenece, y me aferro como una tenaza a un pañuelo bordado cuidadosamente doblado, grito y pataleo, incapaz de encontrar serenidad alguna en nada de ello, hasta que, al despuntar el amanecer, y al borde del agotamiento, una pequeña anotación con el nombre de un cementerio y un número de lápida cae de entre las solapas de un libro ajado.

*****

Subo las escaleras mecánicas de entrada al terminal lo más rápido posible, y maldigo el bolso repleto que, despiadado, tira de mí. Dos personas conversan con tranquilidad y bloquean el paso, se ofenden cuando los interrumpo en mi carrera hacia la parada.

El autobús está ahí mismo, casi he llegado, pero arranca, cierra las puertas en mis narices y se aleja con una lentitud burlona, parece que incitándome a correr más.

Me quedo parada en el arcén, jadeante y un tanto ridícula, notando la invasiva mirada de los que, aburridos, esperan su partida, y, apresurada, me escondo entre la multitud que ya a esas horas abarrota la estación.

Tomo un asiento vacío y me muestro ocupada, abro y cierro el bolso, rebusco dentro sin necesidad alguna.

Agenda pulcra repleta de citas y compromisos ahora a la espera, de teléfonos y pequeñas notas recordatorias que no reflejan todavía el cambio en mis costumbres. Cartera sin apenas dinero efectivo, llena de tarjetas de crédito escalonadas. En un pequeño apartado lateral, las gafas de sol, en funda de cuero aún olorosa, aunque parece que haya pasado un siglo desde que las estrené. Compactos y carmín brillante en la cremallera central del bolso, y en el lateral más accesible, un bolsillo pequeño y muy visitado, la pitillera y el mechero de plata con iniciales en itálica.

«Tengo que dejar de fumar», me digo por enésima vez en tanto enciendo un cigarrillo.

Miro alrededor mientras el humo ahonda mi garganta. El ajetreo diario poco usual para una conductora empedernida como yo me sorprende. Hacía años que no utilizaba el transporte público, pero la avería de mi coche y la imposibilidad de encontrar un taxi me han hecho que tuviese que recurrir a él.

Parece que es siempre así: cuanto más quieres evitar algo, con más fuerza se te impone; la vida se burla y me recuerda que no hay control en mis manos, que un día es solo un día hasta que ella decida que pase a no serlo, que soy una pequeña mota en su hombro, fácil de sacudir, y por eso me obliga a palparla, a mirar las caras de los críos que se amontonan en grupos y se ríen empujándose con las mochilas cargadas de libros, y a esos cuantos hombres de traje gris que leen la prensa abstraídos por completo, y a la mujer de manos ásperas que, cargada de bolsas, intenta sobornar a su hijo con todo tipo de golosinas para que deje de llorar, para que lo entienda, lo acepte, sea humilde y me rebaje, para que me encoja hasta desaparecer y no le quede ninguna duda de dónde me ha postrado. Para coronarse con mi miseria.

Un nuevo autobús se acerca y me aleja de mis conjeturas. La gente me empuja arrastrándome casi a subir y, de sopetón, me encuentro frente al conductor del autobús, que me lanza una mirada interrogante, le pago con las monedas que he dejado apartadas y me siento lo más cerca posible de la salida.

El trayecto no es muy largo, observo la calle a través de los cristales, impaciente por descender y acudir a mi cita, y mato el tiempo ordenándome el pelo y retocándome el maquillaje, leyendo de reojo las portadas de las revistas y periódicos de los demás.

Entre los viajeros, lo que más abundan son los ancianos, que despacio y sin hacer ruido, han subido y conquistado todos los asientos del vehículo porque la mayoría de la gente se los ha cedido con amabilidad. Siempre me hacen preguntarme a dónde irán a estas horas, justo cuando en las calles hay mayor movimiento y el tránsito es peligroso; ¿será la rutina que después de toda una existencia te domestica? ¿O la prisa por apurar el tiempo antes de que se acabe? Me intrigan enormemente con su apariencia frágil que tal vez encierre un gran secreto.

Llega mi parada y desciendo agitada, disfrutando del día frío pero soleado, sin una sola nube en el cielo.

Traspaso las altas puertas metálicas y comienzo a buscar la dirección de la tarjeta entre las calles del cementerio. Me pierdo varias veces y doy múltiples vueltas hasta encontrar a un funcionario que me aconseja sobre el camino cierto. Sigo sus instrucciones y, al doblar la última hilera de nichos, diviso una silueta en la distancia, me detengo, saco la tarjeta del bolso y releo de nuevo la numeración, pero no estoy equivocada: hay otra persona ante la tumba de mi padre.

Mis pasos se aproximan con lentitud y, poco a poco, según me voy acercando, se revela la imagen de una mujer alta de melena rubia que contrasta brutalmente con el entorno gris que nos rodea. La amargura de la decepción llena mi boca.

Sigo avanzando y cada pisada cruje sobre las hojas pardas. La mujer de cabellos dorados se gira y me muestra una cara sonriente más difícil de confrontar, y mis labios le devuelven una sonrisa mecánica sobre la que yo apenas poseo control.

—¿Tú también le conocías? —escucho desde lejos, desde una distancia irreal que no es posible, pues apenas nos separan unos metros. Otra vez, el cuerpo me precede y mi cabeza asiente sin yo pensar.

Quisiera preguntarle tantas cosas, pero el sigilo es más seguro y la vacilación más amigable.

El mármol reluce blanco bajo el sol de invierno y la luz rebota en cada flor natural o de plástico.

—¿Tienes un cigarro? —pregunta.

—No —le respondo, queriendo vengarme con esta absurda mentira.

Caminamos a la par alejándonos sin rumbo fijo, bordeando el camino, haciendo zigzag o dando vueltas a un mismo lugar. Yo, con las entrañas anudadas; ella, en un mutismo que añade lastre y más distancia entre nosotras.

No es verdad que la quietud sea amable, puede ser desconsiderada y aterradora.

La tarde se nubla.

El blanco y negro lo inunda todo.

El horror me martillea.

Cada lápida, un sueño aplastado; cada cúpula, el broche final a un camino de flores marchitas. Árboles cabizbajos y papeles rodando que el viento empuja hacia esquinas olvidadas.

Los ángeles extienden sus alas y me miran con una ternura y confianza que me incomodan. La piedad llora lágrimas oscuras que tintan de suciedad sus mejillas.

Torres de granito, de piedra sobre piedra, de simetría carente de fantasía, de ventanas condenadas, de luz apagada.

Entramos en una cafetería y nos perdemos entre el humo intenso que quiere quemar nuestra ansiedad en cada calada. La mujer es aún hermosa, de ojos limpios, y me siento incapaz de odiarla.

—Yo le quise mucho —le digo sin venir al caso.

—Yo también — me responde sin sospechar cuánto afligir me causa.

Huele a café expreso y a llovizna que se avecina, a humedad otoñal de noviembre.

Chirría mi silla contra el suelo y me encamino a la salida sin despedirme.

Mi memoria se detiene en el recuerdo de aquella vez en que papá y mamá me llevaron a un circo ambulante, uno de esos que recorre el país y se queda solo por un par de semanas en cada ciudad o pueblo importante.

Era un día muy especial para mí, pues los tres salíamos juntos, algo poco usual, y aunque era muy pequeña, tengo grabada la emoción que tanto niños como adultos vivíamos con aquella visita.

Los que podíamos nos vestíamos de domingo y, entradas en mano, devorábamos algodón de azúcar e increíbles maravillas: «El hombre más pequeño de la tierra», «La mujer barbuda y sus caniches bailarines», «Ilusionistas y payasos del lejano oriente». Otros, con menos medios, tenían que conformarse con merodear las carpas por fuera, a pesar de que al final resultaban ser los más venturosos y los que más envidia levantaban en el colegio, pues tanto rondar daba su fruto y acababan por entrar a las áreas reservadas solo para los trabajadores del circo y conocían personalmente a nuestros héroes entre función y función.

Nosotros nos sentamos en una de las filas delanteras, junto a una señora que había venido de un pueblo más lejano que el nuestro a complacer a sus cinco hijos, todos vestidos iguales, en idéntico paño, solo alternando la falda por el pantalón según si era niño o niña quien lo vestía.

No sé qué vimos primero; en realidad, no recuerdo ninguna actuación circense, pero sí me acuerdo de que, a mitad del espectáculo, papá y yo nos levantamos a comprar refrescos, dejando a mamá al cuidado de nuestros asientos, y que nada más alejarnos lo suficiente para no ser escuchados, papá se agachó a mi altura y me reveló con voz secreta que tenía una gran sorpresa para mí, aunque debía guardarla y no compartirla, por lo que mi alegría se enturbió un poco.

Mi personaje favorito, «la muchacha de las trenzas de oro», me dejaría caminar por la cuerda floja a un par de palmos de la arena, según dijo, y esa noticia, por arte de magia, fue suficiente para que mis ojos se abrieron como platos en expectativa y disiparan cualquier desconfianza. Mis inquietudes eran infundadas; dejar a mamá sin saber era causa, con certeza, de evitarle una preocupación innecesaria ante la proeza que su pequeña iba a realizar.

Salimos y nos dirigimos a la parte trasera del entoldado, donde algunos de mis compañeros de la escuela reponían el agua de los abrevaderos a cambio de codearse con las «estrellas», y me asombró el hecho de que la mayoría de los artistas del circo cumplimentara a papá, y él, muy orgulloso, les devolviera el saludo.

Yo no entendía nada de aquellas amistades que nunca habían pasado por casa, y el estómago me viraba y reviraba pensando sin saber por qué en mi madre, sintiéndome fatal, hasta que papá me puso frente a mi heroína y de nuevo mis inseguridades se esfumaron, garantizando mi discreción y reafirmándole a él como la persona más especial de mi reinado.

Mientras ambos me sonreían, yo, boquiabierta, me dejaba guiar por su mano y su dulce voz dándome instrucciones, sin poder creer en mi suerte. Un pie detrás del otro, dando cortos pasos con sumo cuidado, haciendo lo imposible por concentrarme y no caer y defraudarles, pero de nuevo aquella extrañeza me asaltaba, y sin siquiera tener que mirarlos notaba que sus ojos se encontraban a mis espaldas y que sus sonrisas cómplices significaban mucho más que entusiasmo por mi hazaña; entonces, el nerviosismo desatinó mis pisadas por un instante, el suficiente para caer y torcerme un tobillo.

Papá me tomó en brazos y, despidiéndose, aprisa, volvimos a reencontrarnos con mamá, que entre perpleja y espantada se nos unió en la carrera hacia la salida para buscar un médico, preguntando sin parar, queriendo entender cómo un simple tropezón me había provocado semejante llanto.

Desde los bastidores, aún pude ver a la amiga de papá despidiéndose de nosotros con un guiño que dudo mi madre no viese, y que, en cualquier caso, a mí me llenó de remordimiento por muchos días.

De esa misma manera me encuentro ahora, con un lúgubre mareo producto del descubrimiento no deseado, del empeño en ocultar lo que no se quiere ver; parece que siento incluso el hilo metálico bajo mis pies, idéntica inestabilidad a cada paso que doy.

La calle es ancha y poderosa, y la gente hace demasiado ruido, un barullo ensordecedor que retumba en mis oídos. El cielo se ha oscurecido por completo y comienza a llover.

Camino junto a los escaparates, y las gotas de agua de los canalones y toldos caen sobre mí y me resbalan por la frente, se mezclan con mis lágrimas y descienden por las aletas de la nariz, juguetean con ella hasta cansarse y desembocar en mis labios hinchados y ahora salados.

Sin notarlo apenas, el agua me ha calado y me resulta imposible cargar con tanto lastre. Mis pies caminan sobre una estera rodante que escasamente me deja avanzar, donde cada pisada requiere mayor esfuerzo que la anterior, fuerza que no tengo, que se ha ido apurando en estos días y noto que expira y deja paso al silencio.

Las baldosas del pavimento me desafían a rendirme a una pesadilla diferente, a caer en un pozo oscuro de desconsuelo, de sinrazón.

*****

Mi cuerpo flota en una piscina templada y cubierta, casi en penumbra. No reconozco dónde, pero, aunque sola, no estoy asustada, me encuentro en paz ondulando con suavidad sobre un líquido cristalino que reflecta gotas de luz sobre los tabiques y el techo. Purpurina que me hace sonreír.

Tras un tiempo impreciso, alcanzo la orilla sin pretenderlo y, asiéndome al borde, miro alrededor. No hay escalerilla para salir, así que me elevo a pulso y, al hacerlo, el agua templada se desliza por mi espalda, brilla intensamente sobre la piel hasta evaporarse, acariciándome en su despedida.

Emprendo camino por un pasillo amplio y luminoso, primero con lentitud, viendo mis huellas todavía húmedas marcar el suelo, y después con paso firme, con la convicción de que esta labor es lo que se espera de mí, lo trazado y escrito en algún lugar del universo, mi destino.

Me aferro a este propósito y me advierto efusiva, invencible, sobrenatural.

Avanzo y mis músculos se calientan, mis poros transpiran y me noto más viva que nunca, se agudiza mi percepción a un nivel casi animal. Soy capaz de ver el aliento que abandona mi cuerpo, oler la adrenalina que a borbotones fluye y palpar el espacio sin rozar los muros que lo delimitan.

Ruidos estridentes y metálicos estallan tras mis pasos, pero, con prodigiosa concentración, los ignoro y disfruto en un éxtasis nuevo y tolerante, optimista y excitante, que me hace correr sin cansancio alguno, reír con plenitud y sin reservas, tentar la felicidad hasta que una voz dulce llega a mis oídos pronunciando mi nombre, y de tan agradable, me confunde haciéndome aminorar la marcha. Su tono humano me trae recuerdos del más allá, me provoca desatino y, de nuevo, titubeo cuando por fin había encontrado bienestar. Entiendo instintivamente que el camino que se estira ante mí se alarga con mi indecisión, sé que frenar equivale a retroceder y que, si no pongo todo mi ahínco en la marcha, se revocará mi coraje, pero la voz insiste en un susurro cálido que no me deja pensar claro y me seduce, me impide retomar la euforia con la que comencé, perder el ritmo y desigualar mis pasos, que, ahora ebrios, se rezagan sin saber qué hacer, se espacian y oscilan entre el camino a seguir.

Me giro por completo y me ciega una luz que me acoge.

*****

Solo frunciendo el ceño consigo abrir los ojos, y tras pasear mi torpe vista por los alrededores, me doy cuenta de que estoy en la cama de un hospital. Junto a mí se encuentra sentada una mujer de edad avanzada que no reconozco; sus manos reposan entrelazadas en su regazo. Intento erguirme y mi cuerpo tiembla impidiéndomelo; entonces, la mujer percibe que estoy despierta y se levanta para ayudarme.

—Hola, mi nombre es Elisa y trabajo de voluntaria en el hospital —me dice sin yo preguntarle—, te desvaneciste en la calle y una ambulancia te ha traído aquí; no te preocupes, ya estás mejor.

La situación es extraña y me siento incómoda, tensa ante su presencia y sin siquiera ganas de agradecerle su interés que, por otra parte, no comprendo, pero por fortuna el médico me salva al aparecer de improvisto y pedir a la forastera que nos deje a solas.

Me hace varias preguntas sobre mi historia médica, toma notas y hace muecas, y me entran deseos de abofetearle, de gritarle y defenderme, rechazar con violencia semejante ultraje. Estoy llena de odio y resentimiento.

Me comunica, sin tener ni idea de mis especulaciones, que he sufrido una fuerte bajada de tensión y que, aunque puedo irme a casa cuando lo desee, he de hacerlo acompañada y, por supuesto, volver puntualmente a cada una de mis citas previamente marcadas, a lo cual ni contesto.

Así es como me veo en dirección a mi apartamento, con Elisa a mi lado, y aunque es bien entrada la noche, no parece que ella tenga ninguna prisa por escaparse de mí. Le ofrezco pagarle un taxi hasta su casa, desesperada porque me abandone y quedarme a solas, pero me contesta que prefiere ir conmigo hasta asegurarse de que no necesite nada, y por más que le insisto sobre lo contrario, entramos en la vivienda.

Mira con curiosidad la sala y, de inmediato, me pide pasar la noche en casa, está acostumbrada a dormir en sofás, asegura, y dice estar preocupada porque no tengo buen aspecto, y yo estoy tan cansada y confundida que poco me importa lo que haga. La idea de que pueda robarme al dormirme pasa fugazmente por mi cabeza mientras me acuesto, pero cierro los ojos y caigo exhausta antes de que mis temores me desvelen.

*****

De mañana, blancos rayos de luz entran a posarse sobre mis pestañas y, con probabilidad, resaltan mi palidez. Desde la cocina llega el ruido del movimiento de cacharros y me incorporo lentamente, desconcertada, para oírlos mejor y entender qué está pasando, pero sin ninguna intención de levantarme. En un *flash* me asalta el día de ayer y noto de súbito un gran vacío en el cuerpo, como si una parte ligada al corazón me hubiese abandonado y un hueco ocupase el lugar del pecho.

Mis años acentuados se reflejan en un espejo cercano, una tez sin brillo de ojos opacos, y me pregunto quién soy, quién es esta persona que en mí no reconozco, que me ha poseído a su antojo y manipula íntegramente mi voluntad. Débil y aprensiva, duerme a ratos desordenados y come poco; huraña y esquiva, evita cualquier acercamiento humano y ataca incontrolada a sus amistades. Esta inédita criatura se tortura y despedaza en sus cavilaciones e, inclemente, pisotea y descuartiza consuelos. Pero ¿qué ha de hacer? ¿Qué le queda cuando se le arranca de un plumazo del presente y del pasado y se le amenaza con el futuro? ¿Por qué no se le deja ni siquiera ese paliativo? Rebusco en mi maldad una justificación incapaz de claudicar ante tanta injusticia.

Bajo la rendija del cuarto se cuela un haz luminoso que casi me alcanza; cada pocos minutos, las pisadas de Elisa, la mujer que se interesa por mí y desconocía hasta hace unas horas, se acercan y le hacen sombra, entonces pienso aterrada que el último rayo de esa luz se ha extinguido por completo y todo ha acabado en este pequeño cuarto, y de nuevo me embozo en la cama temblando, sintiendo vértigo, el vértigo atroz de la soledad, la soledad que empuja al vértigo y hace que divaguemos y nos obsesionemos sin pensar de forma coherente, porque no es lógico querer escapar de donde uno mismo construye tenazmente muro.

*****

Tras oír la puerta de la calle abrirse y cerrarse, me atrevo a abandonar la habitación. La casa está vacía y una ventana entornada de la cocina esparce olor a comida por toda ella.

Me paseo por la sala y, ante mi sorpresa, nada ha cambiado. No sé por qué esperaba que el mismo desorden que me invade por dentro se patentase fuera, que al cruzar la puerta llegase a otro lugar diferente, o al menos que los muebles hubiesen mudado de emplazamiento o los colores de las paredes fueran distintos, pero, exceptuando algo más de orden y un penetrante aroma que flota en la casa, todo sigue igual.

Levanto la tapadera de una de mis impecables cazuelas apenas usada y, aspirando el vapor que sube, siento un abrazo reconfortante al instante. Me sirvo un plato de sopa y me lo llevo a la sala, al sillón que hay junto a la ventana, desde donde me gusta espiar a la gente y sus vidas, y como con verdadero placer, disfrutando cada cucharada como si de un bálsamo medicinal se tratase.

Solo al terminar descubro una tarjeta de visita sobre la mesa, me acerco, la tomo en mis manos y leo: *Elisa, comidas caseras a domicilio*, seguido por un número de teléfono. Me llega la imagen de Elisa, su pelo blanco recogido en la nuca y sus amplias caderas cubiertas de ropas oscuras, y me admira e inquieta esta mujer misteriosa de zapatos abotinados que me vela en una noche tan oscura como la que ha pasado y que cocina con devoción para mí.

*****

Cada día llego a la oficina la primera. Incluso me da tiempo a beber varios cafés y fumar un par de cigarrillos antes de que aparezca el primer empleado y comience la jornada de trabajo.

Me entretengo planeando el día y ando con libertad entre las mesas, saco punta a los lapiceros y alineo las revistas de la sala, con la convicción, por alguna razón misteriosa, de encontrarme en un punto neutro donde nada puede acontecerme, agujero del espacio que perdona mi vulnerabilidad, hasta que el ruido de la puerta rompe la fantasía y corro a esconderme a mi despacho, como un ratón asustado que no quiere ser sorprendido o, más bien, una farsante que no quiere ser cuestionada. Entonces, en una eficacia desproporcionada, organizo ficheros atrasados, renuevo viejas carpetas y actualizo la base de datos, algo que estaba pendiente por hacerse hace meses, encargo por teléfono nuevas sillas a nuestro proveedor habitual e incluso hago planes en renovar la cocina de la agencia. No paro.

Tomo un café solo al mediodía porque no tengo hambre, y el resto de la tarde lo paso contestando a la correspondencia, sin querer cruzar palabra con nadie, pero dejando la puerta entornada para poder oír las risas indiferentes y serenas colarse, envidiar el fluir de un día despreocupado y la banalidad de lo cotidiano, el irresponsable malgaste de minutos que gotean sin prisa, pero sin pausa.

—¿Estás ocupada? —me dices ahuyentando mis reflexiones.

Desde el primer día que entraste en esta oficina, la química que funciona entre los cuerpos se desencadenó en el mío. Por aquel entonces, las cosas comenzaban a irme bien en la inmobiliaria y necesitaba a un asistente que me ayudase con el papeleo y, en general, a organizar la agenda que se desbordaba, así que puse un anuncio en el periódico y de inmediato bastante gente solicitó la vacante. Descarté a la mayoría tras leer su currículum y cité a los que me pareció que merecían ser conocidos en persona.

—No, pasa, quería verte.

—¿Te encuentras mejor? Aún estás pálida.

Tú fuiste el cuarto, si no recuerdo mal, y no fue tu cuidado traje o tus pulcros zapatos lo primero que me llamo la atención, fuiste tú, tu persona, te vi a ti por encima de todo lo demás. No sé cómo explicarlo, unos dirían que fue un flechazo, otros que fue tu aura y otros que un sexto sentido, pero yo solo sé que me sentí muy bien cuando abriste la puerta y, dirigiéndote hacia mí, me estrechaste la mano con firmeza. Mi decisión estaba tomada antes de que siquiera tomases asiento o dijeses cosa alguna.

—Quería comentarte que tras la cena de la otra noche estoy convencida de que la compra de la propiedad es nuestra —pronostico agachando la mirada—. Ya he hablado con su abogado y, más o menos, todo está zanjado, ha sido muy cooperativo. Después de algunos arreglos, y tal y como va la inflación, creo que podemos sacarle bastante lucro a ese inmueble. Por favor, prepara todo lo necesario para cerrar el trato cuanto antes.

En el año que llevamos trabajando juntos, candentes sentimientos han flotado a nuestro alrededor, delatándose a veces en una mirada furtiva cazada, un pensamiento ardiente que se transparentaba o un roce que se prolongó por unos segundos más de lo necesario, indicios que me han hecho comprender con certeza absoluta que la atracción es mutua.

—Si eso es todo lo que quieres, te dejo —contestas con lentitud, ofreciéndome tu abrazo en palpitante espera que desaprovecho—. No te preocupes, lo tendrás cuanto antes en tu mesa —ultima tu paciencia.

Cuánto desperdicio, Dios mío, no sé por qué este dique en medio de la pasión, ni cuál es la razón de tanta cautela, pero sí sé lo mucho que la distancia que he puesto entre nosotros te duele y, sin embargo, soy incapaz de acortarla o articular vocablo para confortarte, como si las vocales y consonantes se agolparan en mi boca atropellándose en una estampida.

El silencio entre nuestros cuerpos es estrepitoso, y aunque deseo decirte que no es solo eso lo que quiero, y que tu ternura tal vez podría ayudarme a conseguir algo de lo que tanto necesito, es tarde ahora para ello pienso, y contengo mi vacilación porque estamos lejos, y mi voz dudo que te alcance, o peor, temo no quieras emprender tan largo y agrio camino a mi lado.

Soy consciente de cuán ardua tarea es acompañar al sufrimiento, cometido colosal que cargar y arrastrar sin tregua alguna, cuánto debe costar trazar sonrisas y propósitos ante un futuro incierto del que uno mismo desconfía, ocultar las lágrimas que delaten la propia flaqueza. Me doy cuenta del vigor que requerirá mentir con convicción y asegurar que el mundo es seguro sin quiebre de voz alguno, y yo no puedo arriesgarme a asirme a ti con fuerza y sentir debilidad en tu abrazo.

¿Qué pasaría si te mirase implorando consuelo y no encontrase en ti uno que ofrecerme? ¿Cómo podría yo perdonarte deslealtad semejante, traición incomparable para quien padece y se ha puesto en tus manos desprotegido? Sé que entonces la decepción me separaría de ti y cambiaría tu rostro, trocaría tu esencia por otra egoísta, menos benevolente y desinteresado, rompiéndose para siempre el lazo que nos une de forma irreparable, y pasarías a ser alguien diferente e imposible de amar, y yo, que aún quiero soñar con un nosotros, no deseo arriesgar ese as, que, escondido bajo la manga, todavía me cosquillea el corazón.

Una vez más, se cierra la puerta entre nosotros y no muevo un músculo por impedirlo. Me quedo donde nadie pueda alcanzarme, ni siquiera tú, o mejor dicho, en especial tú, persuadida de que esto es lo mejor para ambos.

La lucha será solitaria, dos veces dura, pero sin desengaños, y tal vez un día, si se nos permite alcanzarlo, seamos valientes y alguno de nosotros se atreva a musitar en la nuca del otro nuestro secreto, y puede que entonces, ese avispeo nos hierva la sangre por completo y podamos hablar de algo más que de trabajo.

*****

La Navidad es época incómoda e impertinente cuando lo que más se desea es que pase por alto el hecho de que las relaciones familiares no funcionan, o no existen como en mi caso.

Mi pasado es arena movediza y he permanecido quieta ante él para mantenerme a flote, sin acopiar memorias que me apegasen ni contacto alguno que me recordase tanta aflicción, cargas cuyo peso se me hubiera hundido hace mucho. Borré quien fui, y solo algunas vetas que se debieron de imprimir en mi cerebro un poco más hondo permanecen atrapadas en etéreas pompas que flotan ante mí de vez en cuando, por algún misterioso resorte, y que al estallar desaparecen y se llevan con ellas la gran incomodidad que me provocan.

Mis amistades son poco allegadas, casuales, ligadas al trabajo, amigos con los que comparto una copa en alguna ocasión o incluso un fin de semana, pero que no conocen de mí más que lo que yo calculadamente les he permitido.

Con gran suceso he creado vacío a mi alrededor y ese vacío me ha poseído, y ahora que lo que siempre he querido es diferente de lo que necesito, mi único compañero es despiadado conmigo. Nadie oye mis gritos de auxilio ni se antepone a mi inclemencia.

Una multitud de invitaciones a fiestas compromiso de fin de año se acumulan en el escritorio, esperando una respuesta que no he mandado ya más por pereza en inventar una excusa que por reparo, porque en realidad nunca me han interesado las asociaciones de empresarios inmobiliarios y mucho menos las cenas de despedida de año de la oficina, pero son cosas que uno acepta como parte del contrato laboral. Este año, sin embargo, es esa una de las pocas concesiones que he ganado con este padecimiento, la licencia para saltarme las formalidades, para justificar mi comportamiento ante mí misma y hacer lo que me apetezca, reservar para lo absolutamente necesario mi presencia, y esa cantidad ridícula de energía que desperdicio en mostrar una euforia que no siento.

Me libero evadiéndome de absurdos rituales, porque no me importa ser impertinente o antipática, porque he cruzado a la tierra de la indiferencia y apatía.

Asumo que el frío me deprime y las calles alumbradas y los tumultos de última hora, que no me gusta el brillo artificial de los papeles de regalo ni la brillantina de colores en los escaparates de cada esquina, y que todo ello se me junta en una gran bola en el estómago que me indigesta este mes por entero. Me abruma esta alegría que quiere ser contagiosa, esa casi encerrona.

En el cine, la mayoría de las películas son aptas para familias e incluyen abeto o trineo, las vacaciones a lugares remotos invitan a cotillón, y cualquier conversación, incluso con desconocidos, acaba estampándote en la cara el espíritu navideño. Es imposible ignorarlo. Me encierro en casa, me pongo un pijama y actualizo facturas que me parecen buena evasión, pero aun así algún motivo propio de estas fechas adorna las esquinas del papel y me hace errar con la calculadora.

Estas dos semanas festivas en que cada año cerramos, hasta ahora las había rellenado con algo planeado de antemano con meticulosidad, pero esta vez no pudo ser, absorbida por el ciclón, y lo único que me queda es trabajar y esperar a que los días pasen cuanto antes.

Conduzco cada mañana hasta la oficina vacía sin fijarme en la calle o el tráfico, impasible al frío o el hielo, apenas recuerdo lo que he desayunado, movida solo por el instinto de supervivencia, ese reflejo innato que me protege de mí y me mantiene en pie, aún parte de los transeúntes que no se percatan de que soy maligna entre todos ellos, un ser diferente lleno de tormento que les haría alejarse a mi paso.

Abro la puerta y soy recibida en un estricto mutismo; mis pasos resuenan por los pasillos vacíos y me persiguen hasta el despacho, refugio que me he concedido, búnker a prueba de bombas donde es posible aspirar hondo y mitigar el dolor intenso.

Lápices afilados y papeles organizados me dan un optimismo repentino que abre un pequeño paréntesis, un microscópico inciso que me pide que aproveche cada minuto y me arroje al fuego porque aún hay tiempo de abrazar y ser abrazada, gobernar mi cordura y elegir entre la histeria y la calma, la esperanza y la rendición, pero con horrible desesperación compruebo que mi cuerpo no acompaña a estos comandos y, lleno de tristeza, levita casi por estos días, incapaz de dominarse.

A menudo pienso en Elisa e incluso he llegado a tomar su número de teléfono entre las manos tentada en llamarla, pero sin poder llevar a cabo ese lance bebo demasiado para echarle la culpa al vino de este caos, y me acuesto temprano, frustrada y completamente agotada.

*****

Más cartas del hospital dentro del buzón y más cartas que guardo en un cajón bajo otro montón de papeles.

No me hace falta abrirlas para saber de dónde vienen, reconozco su caligrafía en el membrete, su olor a antiséptico y a sábanas blancas ligeramente acartonadas, sus fuertes latidos de corazón atronando como tambores en mis oídos. Las tomo y arrojo con miedo a contagiarme de algo, un tanto indignada al recibirlas, sintiéndome perseguida y hastiada.

¿Quién puede caminar así, cuando lo único que veo ante mí es la oscuridad y cada pensamiento me lleva a un enclave espeluznante que desearía con todas mis fuerzas que no existiese? ¿Quién tomar una decisión coherente? En completa penumbra, solo el miedo y las injusticias me rodean, en cada hora o situación, y de nada sirve evitar una conversación o un itinerario, porque ni inmóvil o sin respirar paso inadvertida, la consciencia incesante me alcanza y zarandea, me arroja a un rincón e invade y somete mi maltrecho ánimo, me apunta con su afilado dedo hasta hacerme llorar.

No puedo más. ¿Es acaso la muerte tan mala como esto? Es imposible, no lo creo.

Porque cuando la posibilidad o la duda no exista, y lo que más temía me atrape, al menos no habré de correr, estaré a salvo porque ya habrá ocurrido y no tendrá alcance el sufrimiento, ni la lucha, y sobre todo no habrá implacable inseguridad, podré detenerme y abandonar, sentir el alivio de alcanzar el desenlace, la gratitud infinita al cerrar los ojos y descansar.

*****

La música me golpea salvajemente en los auriculares, la bebida entra sola y toma posesión de mis riendas para que me atreva, para que le tome la delantera al mañana, para plantarle cara y cortar en seco tanta, tantísima incertidumbre.

Bailar como una loca, agitarse sin ritmo alguno, sudar y sucumbir, rendirse, pero sentir victoria.

Inundarse de una dicha absurda y disparatada, reírse a carcajadas y, al momento, llorar con rabia y sin resuello, castañetear los dientes.

Retarse a hacer algo drástico y brutal, destruir a esa persona que nos ataca sin tregua, mujer detestable que nos avergüenza porque es débil e incapaz de sobreponerse a esta punzada intensa y pertinaz, opresiva y sofocante.

Trazar un plan descalabrado que tal vez podría funcionar. El límite y la destrucción. El fin en forma adormecedora, lento y cauteloso, redondo y colorido, prescrito pero abusado, y otras veces violento y agresivo, cristal y cuchilla, ensangrentado o convulso, pero siempre el mismo deseo, el de ejecutarse sin juicio previo cortando el flujo del tiempo, el de ahogarse por completo en ese pantano que nos engulle desde hace semanas.

PARTE II

Panela velha é que faz comida boa
Dicho popular

Durante el día, el sol calienta las tejas de las casas vecinas, y su luz centellea y me roza en el sillón donde hora tras hora hago penitencia, de este a oeste, iluminando con intensidad cada objeto donde se posa y dejando en su retirada un rastro de calma tras su estridencia.

De noche, los cielos despejados de algún que otro oscuro descampado muestran con ternura el tintineo amable de las estrellas, susurrándome que no me hiera más de esta manera, que tenga compasión conmigo misma y, como a una amiga de la infancia, me consuele y seque las lágrimas.

Quieren que entienda que no hay nada que entender. Que no busque explicaciones ni equilibrio. Que no me pierda en mis lamentos y me dé cuenta de que es fácil ahora. Más que antes. Tan solo hay que recordar el camino para descolgarse por el tiempo que el reloj suelte y beber sus segundos a sorbos pequeños.

Aprovechar la tarde paladeando una onza de chocolate amargo con lentitud, como cuando a escondidas y deshora sabía tan dulce bajo la mesa de la cocina. Apreciar sin reserva el casi perdido color y aroma de un pétalo guardado hace mucho entre cuartillas desdeñadas. Recorrer la perfecta espiral de una caracola y escuchar en su eco cuentos lejanos que emocionen, numerar las palpitaciones que provoque, plácidas o aceleradas, insuflando vida en el zigzag de mi mirada y, por sorpresa, sin esperarlo o siquiera entenderlo, una tímida sonrisa asomará en mis labios, que hará al pavor diminuto y reprimirá su brío.

*****

—¿Estás segura? ¿Completamente segura? —me pregunta dubitativa mi peluquera habitual de varios años.

—Sí, corto, lo quiero corto —respondo una vez más.

La impecable melena sedosa va cayendo mechón tras mechón, acariciándome el rostro con suavidad, resbalando lánguida por la capa de plástico que me cubre hasta los pies, y por un instante me encuentro leve, por solo un instante, y me muestro relajada y segura.

Leo apática una revista sobre famosos que no me interesan en absoluto, pero de reojo me espío en el espejo. Mis rasgos se ven más ahora al descubierto, más afilada la delgadez, y las ojeras han pasado a primer plano sin la distracción de la cabellera. Todo el ánimo que traía al atravesar la puerta me abandona y de golpe me siento abatida y enfermiza, con ganas de llorar.

Bajo en picado, pero no me venzo, escalo cuesta arriba con determinación e ignoro el horror que cada pendiente de mi mente representa, ahogando mis gritos de angustia y mis flagelaciones, sin gemido alguno que delate el daño agudo que transcribo en asentimiento, el torrente interno apenas perceptible en mi mirada sombría.

«¡Estás bien! —me reafirma efusiva intentando plancharme el rictus—. Muy bien».

En casa, recorro los pasillos como leona enjaulada, queriendo pero sin atreverme, deseando desesperadamente, pero habiendo olvidado cómo. Dejando que esa luz endeble y encontrada por casualidad me guíe, amarrándome con uñas y dientes al precipicio de la locura.

El aire es espeso, pero camino hacia delante, firme hacia delante, aún carente de esquema alguno, a tropezones o arrastrándome, enfocada tan solo en mi rebeldía que, feroz, le planta cara a lo que dicta el pánico, dándole la espalda con desprecio a sus aullidos.

Destilo cada gota de energía para esta lucha interna encarnizada, y transformo cada lágrima en rabia combustible, en navaja que desgarre un poco más la penumbra, sin saber bien qué haré después, pero teniendo absoluta certeza, tras tantos meses, de que algo debe hacerse.

Abro las ventanas para dejar el aire renovarse y organizo el desastre acumulado de semanas, lleno varias bolsas con desperdicios y devuelvo cada objeto a su lugar.

Rebusco agitada en bolsos y cajones, en los bolsillos de abrigos o chaquetas, e incluso detrás de los cojines del sofá cada cigarro o mechero escondido, sin sosiego hasta creer haberlos encontrado todos, y los ato con fuerza dentro de un saco de basura, bajándolo sin demora a los cubos comunitarios, antes de que me tiente el demonio.

Después, me siento, necesito más tiempo para acometer mi próximo objetivo.

Me ducho. Enciendo y apago la tele varias veces. Cojo algo de la nevera, que abandono en cualquier mesa al instante, y me acuerdo de mis cigarrillos.

La gente atiborra los autobuses, un perro ladra a dos palomas, se encienden las luces de las farolas.

Me alejo de la ventana y me dirijo a la cajonera de la izquierda de mi escritorio, tomo la tarjeta en mis manos, juego con ella entre los dedos y me retraso un poco más, confundida, mareada, apenas saliendo de un coma.

—¿Dígame? —me contesta una voz masculina.

—Hola, buenas tardes, quisiera hablar con Elisa, por favor —le digo.

Oigo unos pasos alejándose y diciéndole a alguien que Elisa tiene una llamada, y ambas personas discuten algo que no entiendo; después, una de ellas le llama con voz elevada y oigo firmes pisadas que se hacen más nítidas hasta alcanzar el teléfono.

—Hola —reconozco la voz Elisa—, esperaba tu llamada.

—Hola —respondo aturdida al no esperar esta contestación—, perdona, no quisiera molestarte. Ya sé que es un poco tarde para esto, pero no llegue a despedirme de ti y quería agradecerte todo lo que hiciste por mí y bueno…

—Fue un placer —me interrumpe—. Aunque vivimos aislados unos de otros, es agradable dar y ayudar a alguien en un momento de necesidad.

—Elisa, he decidido salir unos días de la ciudad —anuncio de repente—, pero tiene que ser a un sitio tranquilo y cálido. Alquilaría una casa y necesito que alguien cocine para mí. He pensado que tal vez conozcas a alguien que esté interesado.

—Yo te acompañaré —sentencia rotunda—, creo que conozco un buen lugar para tu reposo. Tengo una casa en un pueblo casi deshabitado por estas fechas y, si te parece bien, podríamos vernos y ultimar detalles.

Cuando cuelgo el auricular, estoy perpleja; en una corta y torpe conversación me sorprendo con este inesperado y absurdo proyecto, pero según pasan los minutos, pienso que tal vez esta loca idea no sea tan disparatada, porque me siento bien, me he sosegado y mi pulso ha recuperado su ritmo antiguo. Por qué no.

Me he aferrado y encadenado a un camino que no tiene salida alguna, y en realidad puedo emprender otro diferente, aprovechar la posibilidad que se me ofrece para intentar reencontrarme conmigo misma, con esa persona abandonada en la butaca de un consultorio médico, congelada en el pasado, y recuperarla porque no es solo una enfermedad. ¿Cómo he podido reducirla solo a eso si aún tiene tanto que dar?

Está en mi mano convertirme en mi mejor aliado, en ese que tanto necesito para que me conforte y me dé aliento, para que me estreche en un abrazo lleno de amor y comprensión que mi cuerpo pide desgañitándose y yo le niego una y otra vez.

Yo soy la osadía que nunca se rinde, la pelea en cada ocasión que un reto se cruza, la ilusión que pisotea el desaliento y la alegría olvidada que embriaga.

*****

En los días siguientes, empaqueto algunas cosas, pongo en manos de quien tanto confío todo lo relativo a la oficina y me despido de los más allegados con pocas explicaciones, y un día templado de junio, de cielo alto y despejado, me encuentro de nuevo con esta mujer misteriosa. Al verla, me digo que es posible que si me hubiese cruzado con ella algún día inesperado no la hubiese reconocido; sin embargo, con ella quiero correr mi aventura más descabellada hasta el momento.

Conduzco junto a ella sin decir nada cerca de dos horas, eligiendo un poco las carreteras al azar y sin seguridad en estar tomando el mejor camino, pero su silencio me deja hacer a voluntad.

Mis ojos reflejados en el retrovisor chispean llenos de felicidad. Parece que me escapo, que me libero, y mientras ella no me lo niegue, yo me lo creo.

En mi cabeza se agolpan montones de preguntas y la confusión me acecha en cada curva, pero obligo a mi razón a escabullirse manteniéndola ocupada en mi sigilo, contando kilómetros sobre el asfalto.

Elisa observa el horizonte casi siempre y solo a veces noto que su mirada me alcanza con timidez, tal vez queriendo hablarme pero sin hacerlo, llena de sabiduría.

Hacemos un par de paradas para estirar las piernas y por fin llegamos al pueblo. La entrada está colapsada y necesito parar el coche antes de alcanzar las primeras casas.

Las gentes de oscuro acompañan un ataúd por las calles estrechas, en una hilera de hormigas de pasos lentos que no hacen ruido sobre la piedra del suelo. Miradas bajas. Suspiros prolongados.

Ella dice que quiere acompañar al cortejo fúnebre y yo la sigo, completamente aterrorizada, sin decirle que mi peor enemigo esparce sus alas a mi alrededor, testando mi temple y haciendo que mis piernas apenas me respondan, pero, como si lo adivinase, me sonríe y me agarra del brazo. Se acerca a mi oído y me dice que si se asume el fin con humildad, la vida es una hermosa ofrenda, que solo hay que temer a nuestros propios miedos, y me sumerjo en sus palabras buscando un consuelo a mi herida.

Todo esto parece un sueño intranquilo y ni siquiera puedo creer que este asentamiento tan bello y apacible donde ahora llegamos esté ocupado por la muerte. Desde aquí se ve una gran extensión de terreno llano y ocre, y hasta un riachuelo que es posible sea el culpable del verdor de estos cipreses. Hay pequeñas flores silvestres aquí y allá, e higueras a destajo, y las moreras trepan traviesas el mármol sin achicarse ante nada.

El sol brilla glorioso, yo diría que sin respeto alguno, un tanto ofensivo, y la gente, callada bajo sus rayos, calienta el frío de su abatimiento y sus miembros adormecidos.

Un cura murmura vocablos que no perturban la quietud, sino que la acentúa salpicándola de sobriedad, y aunque no se le oye con claridad, sé que lo que dice no me ayudará a descifrar aquello que tanto deseo entender. Las respuestas no están en él, ni el pueblo, ni tan siquiera en Elisa. Es ahora cuando me doy cuenta de ello, en este instante ficticio entre inusitados parajes, en esta paradoja en la que he venido a encontrar mi camino y su significancia, al lugar donde a uno se le mide al dejar de ser y se le da el valor que tuvo a quien se perdió.

Solo yo puedo encontrar explicaciones, pero son tantas mis dudas que apenas consigo enumerarlas. Para qué tanto sacrificio, tanta lucha, tantos anhelos. Qué sentido tiene afrontar los golpes con dignidad o poner buena cara a lo nefasto, correr tras los ensueños o acumular tesoros si no podemos llevarlos a este campo de cuerpos yermos y, sobre todo, por qué esta ambición en buscar respuestas cuando es seguro un desvío del camino a seguir.

Se apoya el cajón sobre unos maderos que cruzan el socavón y después, con sumo mimo, es bajado por cuerdas al cobijo de una madre tierra que lo abraza, y de inmediato lo hace suyo de nuevo con infinita ternura.

La arena arrojada comienza a cubrirlo y cada palada es un lamento ahogado en un pañuelo, un adiós doloroso que todos se resignan a entregar del todo, porque nadie quiere ser el primero en cerrar el capítulo de una existencia por completo, dar la espalda alejándose de este sufrimiento y enfrentarse a otro nuevo día sin el que se fue, y por eso de pie, los reunidos no se apean de este suplico, alargándolo un poco más, sujetándose el cansancio que les duele, pero menos que el inicio del resto de sus propias vidas.

Lo paso fatal por todos ellos, por los vivos y los muertos, pero ya no hay amenazas en ninguno de ellos.

Leo las lápidas con fechas y nombre impresos en ellas, y aunque al principio queman mis ojos, después me hacen sentir menos dispar y más cercana al resto de los mortales; de una extraña forma, parece que pertenezco, que soy una más y no estoy sola.

Soy capaz de entender que todos venimos y nos vamos dejando paso a otros y un puñado de recuerdos, y que yo soy tan parte de ello como lo soy de la brisa que ahora levanta polvo en el camino. ¿No es quizás una arrogancia imperdonable creerme ajena y por encima de toda ley?

Me entrelazo fuerte a los dedos de Elisa como si fuesen lo único que todavía me aseguran a este mundo, como si de entre ellos pudiese destilar certidumbre, fortaleza, o al menos resignación, y ella apoya su palma sobre ambas manos transmitiéndome serenidad, lo primero que necesito.

El sermón acaba y nada ni nadie se mueven, apenas algunas hojas que el viento mece, y desde arriba, los pájaros que nos avisan de ello.

Quiero grabar en mi mente la sencillez y la lucidez. Deseo escuchar y oír, mirar y ver las cosas y, sobre todo, ser capaz de acordarme de todo esto cuando se me olvide.

*****

Me siento en paz al cerrar la puerta del cuarto que se me ofrece y, al tumbarme en la cama, noto como se acopla a mí dándome la bienvenida.

El techo de cal blanca está un poco desconchado en las esquinas, y lo veo como un escenario luminoso que esperara un debut, como un lienzo vacío a mi disposición lleno de posibilidades, y pensando en estas cosas me sumo en un sueño limpio y profundo como hacía muchos meses no lograba.

*****

Soy poco sociable los primeros días, y entro y salgo a mi antojo, agradeciendo en una mirada cruzada la falta de preguntas y el hospedaje sin condición alguna.

Paseo y oigo con atención. Un cristal que vibra un poco a mi paso y la respiración de un perro que me sigue. Una brizna de hierba que se mueve y un árbol que cruje. La ropa arrullándome la piel y las chicharras que anuncian el verano. Sonidos nuevos por completo para alguien tan urbano como yo, que, acostumbrada al bullicio del ruido y su zumbido continuo, nunca se había acercado tanto al silencio.

Percibo la curiosidad en las miradas de algunos vecinos que encuentro en mi caminar, y no me importa, ni siquiera me hacen sentirme incómoda, hay tal bienestar en mi cuerpo que todo es paz y nadie es mi adversario. El anonimato me tonifica, el no temer ser descubierto o, peor aún, juzgado o compadecido, es un alivio, y les sonrío agradecida.

Durante las noches duermo mucho, y aunque al despertar el sol ya se cuela intenso por entre las cortinas, le doy la espalda y me permito un poco más, desperezándome otra vez con calma, sin poder precisar hasta cuándo porque mi reloj se ha quedado abandonado en alguna esquina de la casa. Reposo y acumulo el vigor necesario para que mi corazón escuche y acepte lo que mi razón delinea.

Hoy, al salir del cuarto, he encontrado una carta bajo la puerta. El sobre está envejecido y ya abierto, pero no hay dirección ni remitente. Pienso que tal vez se haya caído por accidente y la dejo sobre una cómoda del pasillo, pero la espío durante el día, y al caer la noche, y haber visto a Elisa pasar varias veces junto a ella y no recuperarla, me convenzo de que es para mí.

La tomo con sigilo y me encierro en el cuarto.

Tu partida es la cosa más cruel que me ha ocurrido en la vida, y la acato sin compartirla con nadie, encerrada hermética en una tristeza y un desespero que me aleja de todos, que me lleva a un lugar oscuro y frío donde las palabras son absorbidas y trituradas en pedacitos pequeños, siendo imposible reconstruirlas.

Muda y separada del resto de la manada, me comporto como animal herido, receloso entre tanto rival infiltrado que quiere estallar mi coraza protectora, mi burbuja de locura, y rechazo a cualquier ser que se atreva a confrontarme, a mi propia familia y sus miradas interrogantes. Me transformo en quien nadie reconoce, y desde mi cueva, observo consternada como el planeta sufre un brutal cataclismo que lo parte en dos y me deja ilocalizable en uno de sus márgenes, frente a una oquedad inquebrantable, un profundo abismo del que tú eres causa.

Todo aquello que fue paraíso yace a mis pies demolido, y aquellos que fueron confidentes son hoy sospechosos del terrible pecado que es la incomprensión.

Mi cuerpo es roca pesada engrudada a mi escasa voluntad, y mis músculos apelmazados hacen que abandonar el refugio sea un acto de determinación casi heroico, del que jamás me hubiese creído capaz si no fuese por los pequeños, por los cuales consigo cargar esta pesadumbre y arrastrarla hasta la escuela, donde me observan y presienten lo que los adultos no adivinan. Dóciles, escriben caligrafía sin rechistar, y entretanto yo observo sus cabecitas rapadas levantarse de vez en cuando para regalarme una sonrisa. Uno me trae un ramillete de flores hasta la mesa, y otro se esmera más de lo normal enseñándome, orgulloso, sus trabajos, todos ellos deseando conquistar mi ventura, pero aunque intento de veras premiarles con ella, me es imposible lograrlo, tú te la llevaste en el zurrón que cargabas a la espalda.

Tras tamaña penitencia, el aula acaba y regreso a casa saludando con un gesto de cabeza o una simple curvatura de labios a los que encuentro, teniendo aún que ayudar en las tareas a los hijos de la empleada mientras ella plancha, por un tiempo infinito, hasta que la pila de ropa desaparece y se marchan, y entonces puedo escaparme al cuarto, a observar por la ventana la higuera donde tantas noches te vi buscar mi mirada, pero ahora que sus ramas no te cobijan, es siniestra, y me asusta su porte, que amenaza con llevarse los susurros que dejaste atesorados en mi memoria.

Amor mío, cuando planeamos tu viaje, nuestra liberación, todo parecía más sencillo y llevadero. Te ibas por nosotros, por los dos, para que nadie pudiera recriminar lo único que tenías, tus manos encallecidas y nuestro amor, y para que mi padre no dudara en entregarte a su única hija bien criada, sin hermanos de sangre, pero sí de leche, porque para eso sí, para amamantarme podían los más humildes acurrucarme en sus brazos. Tenías más respeto que yo, y un miedo que me convenció de dejarte ir, pero hoy todo parece una pesadilla y me maldigo por haberlo consentido, por haberte dejado llevar mi aliento tan fácilmente.

Dijiste que el dinero llenaría tus manos antes de darnos cuenta, y que volverías de inmediato para comprar nuestra libertad y una pequeña finca en la mejor parte del pueblo. Me aseguraste que en el momento en que mi familia te viera con nuevos trajes y brillantes zapatos, no podrían negarte mi mano, y entonces, todas las tardes tras nuestra boda, podríamos pasear nuestro amor por la Plaza Mayor sin tener que preocuparnos por nadie, pero se te olvidó decirme cómo hacerlo, no dejaste instrucción alguna para ese espíritu inquieto que sin ti a su lado desacredita de estos empeños.

¡Dios, qué angustia! Quisiera que los paredones de esta cárcel no fueran tan blancos, tan desoladores, sino añil sedante como el mar que te traerá de nuevo a mi vera y me devolverá lo que aún no ha sido mío.

Cuando despierte, con el rostro hinchado de tanto llorarte, encontraré los ojos severos pero benévolos de mi padre queriéndome tender la mano, rogándome una explicación que no llega porque el viento grita y me distrae, y no me deja inventar excusas, y otra vez tendré que bajar la mirada aun sabiendo cuánto le hiero al hacerlo.

*****

Me duermo con el papel entre las manos y amanece a los pies de la cama, sobre las baldosas frías, lo recojo y doblo con cuidado sin saber qué pensar.

La luz cala punzante las persianas verdes, me visto rápido y bajo a la cocina, donde huele a café, y descubro que ya son casi las diez y media.

—Buenos días —escucho a mis espaldas dando un sobresalto.

Elisa entra por la puerta justo en esos momentos, cargada de bolsas.

—Hola, no te he oído salir —le contesto dirigiéndome a ayudarla—, he dormido como un tronco.

Organizamos la compra, desayunamos despacio y hablamos de cosas sin importancia necesarias para acercarnos.

—¿Está lejos el mercado? Qué temprano lo abren. Las frutas huelen aquí diferentes que en la ciudad.

—No hay mercado, tan solo un par de tiendas. Aquí nos gusta madrugar mucho y trasnochar poco. La mayor parte de las cosas son de las huertas vecinas.

Pero ni una mención sobre la carta.

Ella ya sabe que la he cogido y con certeza leído; entonces ¿por qué no dice nada? ¿Soy yo la que debe hablar o es una vez más el silencio la mejor apuesta?

Desde donde estoy sentada, veo el largo pasillo extendiéndose hasta la calle, asomándose a ella por entre la puerta entreabierta, y bordeándolo, a ambos lados, hay tiestos grandes ahora vacíos, que prometen un pasado frondoso. Los tabiques están desnudos, sin fotos o cuadros que me diesen una pista sobre la historia de esta casa de distribución caprichosa.

La vivienda posee cuatro habitaciones desiguales en tamaño, unas con grandes ventanales al exterior y otras interiores que gozan de una penumbra serena. Elisa me ha instalado en la que mira al patio, muy tranquila, y con una luz especial que los dos árboles de membrillos que la criban permiten que me alcance.

Tanto la cocina como el baño son sencillos y funcionales, y poseen baldosines algo desgastados, no rotos o remendados, tan solo acariciados por el paso de las estaciones. En la sala reposan dos sofás cubiertos por mantas antiguas de una edad imprecisa, pero bien conservados, y junto a una chimenea tiznada, una gran estantería con libros.

Los muebles de todas las estancias son antiguos y acogedores, sin lujos o alardes, pero lo más insignificante en la casa posee una solera y elegancia implícita, una personalidad que me abre los brazos y asila con indulgencia, desde los pisos desnivelados que hacen eco al andar y me acompaña confortándome, a los crujidos de las sillas que ya, familiares, identifico y sé devolver a su espacio asignado en la mesa.

Ha sido tal mi recibimiento que me despreocupo y sonrío a menudo, me regocijo en este rincón perfecto donde todo lo que puedo necesitar se encuentra, esta mengua de sufrimiento que me hace tanto bien.

Todo en la casa es hospitalario, pero tal vez lo que mejor me hace sentir sea la comida, que servida en una vajilla llena de mellados y desperfectos alimenta mi alma como ninguna otra. No había experimentado antes tanto aprecio y agradecimiento por una persona como el que siento cada sobremesa, y aunque aún no sé cómo, sé que debo de un modo u otro transmitírselo a Elisa.

Ella, ignorante de mis cavilaciones, continúa hablando, de vecinos, de animales, de lo cara que está este año la verdura, y yo asiento y digo poco, prefiero oír mientras muerdo el pan tostado todavía caliente, impregnado en aceite de oliva y azúcar.

Me dice que tiene mucho que hacer esta mañana, que salga y aproveche el día, así que después de ayudarle a recoger la mesa, le hago caso y me aventuro por entre las callejas.

Ando apacible, bordeando las casas medio vacías, y abandono el pueblo merodeando por sus alrededores sin perderlo de vista, deteniéndome ante un terreno adusto y soleado con brotes de tomillo y olivos solitarios. A lo lejos, pequeñas colinas áridas se elevan con timidez, y después, descienden hasta pisar tierra seca y cruda, casi estéril.

La luz añil tapiza cada forma con su color intenso y su brillo, arropa lo trivial y lo convierte en sublime. Un caserío en la distancia vuelca humo por su chimenea, y este dibuja sobre el lienzo celeste serpientes y pájaros que acaban desapareciendo sin dejar rastro ni estragar el bello paisaje. Como sacado de un dibujo. Inmóvil, seguro e invariable, a pesar de que nos vayamos por un día o diez años.

Me siento en el suelo y aspiro despacio, mirando hacia el pueblo que a lo lejos parece una guarida básica y cálida, y disfruto de la dicha que me provoca su presencia lo más posible, temiendo que pronto comenzaré a complicar y retorcer el momento como aquellas viñas que se ven a lo lejos.

*****

Comemos temprano. Elisa ha cocinado algo nuevo para mí, dice que típico del lugar y me pregunta dónde he nacido yo, a lo cual contesto que considero Madrid mi lugar de llegada al mundo, pero, tras esta breve revelación, me callo y no prosigo con explicaciones.

Recogemos los cacharros y después leña de los alrededores, ya que asegura que por las noches pueden bajar las temperaturas, y es cierto, porque al caer el día hemos de encender la chimenea y su calor se agradece.

Mientras corre las cortinas, mira al cielo y se ajusta su mantilla de lana sobre los hombros, y avivando el fuego me advierte que amenaza temporal. Coge un libro de los muchos que descansan en los estantes de la sala y con su permiso la imito, adentrándonos ambas en nuestra lectura, por apenas unos quince minutos, hasta que ella comienza a cabecear, se despide y se retira a su cuarto.

Yo prefiero quedarme un poco acompañada de la lluvia, que ya golpea en puertas y ventanas, y cuando el agua llega, me arrebujo en el sillón junto a la hoguera, hipnotizándome con sus chispas, que saltan y revolotean hasta apagarse a mis pies.

Un rayo estalla e ilumina la cocina, que todavía huele a comida casera, rebotando en las encimeras de mármol. Uno, dos, tres, ruge el trueno en la lejanía.

Brilla la loza que dejamos en la pila escurriéndose. Uno, dos, y con fuerza el bramido intimidante que quiere verme temblar, desbaratarme con sus amenazas.

Un *flash* y un instantáneo zarpazo eléctrico proclaman su dominio, su poder sobre nosotras, simples mortales, extendiendo sus tentáculos encima de la casa buscando un lugar para descargar su látigo.

Los árboles del patio se iluminan estoicos, plantando cara y esperando su destino con entereza, en sus mejores galas plateadas, y yo los observo sumisos dándome ejemplo, encendiéndose y apagándose en un guiño de complicidad.

Despierto sin haberme dado cuenta de caer dormida. Está oscuro y el fuego se ha apagado, hace frío. Corro a mi cuarto para entrar en calor entre las ropas de cama y continuar durmiendo, pero al llegar encuentro sobre la almohada un segundo sobre con una carta y sé que el sueño tendrá que esperar.

Apenas han pasado quince días desde que te fuiste, y no puedo evitar dejarme llevar y escribir mi quebranto, aunque me había prometido no hacerlo. Así que de nuevo, frente al papel, aturdida y desleal en mis resoluciones, la pluma fluye sola y la tinta se derrama por ti gozosa y amarga a la vez, debatiéndose entre el deseo insaciable de tu recuerdo y la necesidad de contenerse y olvidar tu existencia, único modo de cumplir mis débiles juramentos.

Querido mío, sin ti el pueblo sofoca y mi vida es tan solo apatía que corrompe en su quietud a esta mente enamorada. Negros pensamientos se aferran insistentes a lo escaso que dejaste, y crueles persisten hasta mellar por completo mi fragilidad, enrojecer mi mirada y quebrarme la voz. Alteran mi planta irreverentes delatándome como dedo impío, con densas pisadas y lánguidas miradas, trémulas manos que ilumina como un foco nuestro secreto y me dejan en evidencia frente al mundo entero.

¿Pero acaso importa lo que piensen o lo que digan las suspicaces gentes? ¿Qué sabe nadie, cariño? ¿Qué entienden el resto de los mortales? No voy a consentir que tanta ignorancia provoque otra avalancha de pena, porque sé con absoluta seguridad que nuestro amor es grande y único, y acallará a tu regreso cada voz que chirría ahora en mis oídos.

Tú y yo somos un universo cerrado, un ciclo acabado donde no hay espacio para los demás y te suplico que vengas y me dejes contarte que son tus palabras las que hacen que mi corazón palpite y el cosmos no sea caos. ¿Por qué tardas tanto? ¿Es que no te has dado cuenta de que estabas equivocado cuando dijiste que yo era fuerte? No lo soy, y quiero que vuelvas y olvidemos lo soñado. Es aún posible, todavía debes estar cerca, e incluso algunos instantes parece que te presiento, aseguro que te he sentido, y corro entonces desesperada en tu búsqueda, girando a aquellos cuya espalda juro que es la tuya, pero que jamás es, y así pasa un día y después otro, y por fin mucho más tarde llega el tercero y tú no te arrepientes, y yo me hundo al confirmar tu firmeza y mi debilidad, porque yo abandoné esta lucha hace tres días.

Atormentada, yazco imaginando como te alejas sin mirar atrás, con las ideas claras, construyendo un adiós en línea recta sin un solo quiebro o intención de giro. Un paso primero y otro detrás, imperturbable, y te odio y te admiro, y quisiera tu fe y devoción, pero la calma y la pasión nunca fueron bien avenidas, y yo soy arrebato, ímpetu y frenesí, fervor que grita a los cuatro vientos su agonía y no entiende como tu corazón no escucha.

Está atardeciendo, y la belleza del campo a través del cristal me acongoja. Hay una casa pequeña en la distancia, y si yo fuera de piedra como ella, resistiría. Rodeándola, hay espigas que el viento empuja y mece sin llegar a partir, y si al menos aprendiese de ellos y consiguiese ser flexible, resistiría, pero no puedo ser hierba, ni roca, y la luna no me es indiferente ni traerá reposo, sino terribles alucinaciones, y con ese temor, mis párpados se vencen cada noche, mientras mis labios pronuncian tu nombre contra mi voluntad.

*****

Al despertar, he buscado alguna nueva carta bajo la puerta o junto a ella, y su ausencia me ha decepcionado.

Me resulta muy difícil contenerme y respetar los modos de Elisa, tal y como ella respeta los míos; la curiosidad me pica con obstinación.

La casa está vacía, pero el horno, encendido, con lo cual presiento que volverá pronto. Tomo una ducha rápida y un café solo, y salgo a buscarla sin paciencia para esperar.

El pueblo se encuentra casi desierto y mi caminar atrona entre sus casas, algunas medio en ruinas y otras de fachadas impecables y recién blanqueadas. Enseguida llego a la amplia plaza principal, con un pilón en el centro de agua estancada, apenas rota por la caída del débil fluir de un hilo cristalino. Su sonido adormece; todas las cosas aquí parecen estar aletargadas.

Me acerco a mirar y cientos de renacuajos salen en desbandada dibujando diagonales, y por encima de ellos, mi imagen reflejada, oscilante al principio y más clara y estable cuando el agua se calma y me integro en ella.

Me llaman, me vuelvo y veo la silueta de Elisa a contraluz.

—¿Dormiste bien? —me dice acercándose.

—Sí, muchas gracias, es increíble la tranquilidad aquí, parece que no existan las capitales y sus aglomeraciones.

—Me alegro de que estés mejor, tienes una cara estupenda.

—Eso espero, porque últimamente parecía un fantasma. Estoy encantada de que nos cruzáramos y viniésemos juntas aquí —digo tras una leve pausa—. Pasaba por un mal momento personal y estar aquí es casi un privilegio.

—Yo también estoy contenta, y ahora, si me ayudas —me indica señalando las bolsas que carga sin darle importancia a mis confesiones—, podríamos dejar todo esto en casa y te enseñaría un poco los alrededores.

Tal y como hemos acordado, tras dejar los comestibles, salimos de nuevo y la sigo a paso lento, escuchando sus explicaciones sobre los víveres que ha traído, la mayoría regalos de bienvenida de las vecinas, y el manojo de hierbas para condimento, arrancado de donde nos encontramos ahora, los muros del antiguo colegio.

Frente a ellos, evoca con nostalgia los días en que era una cría y las aulas casi un lujo para un puñado, y me asegura que aún se acuerda del olor de agua de colonia de la profesora o el de las hojas de tus libros favoritos. Recuerda que, aunque no eran muchos niños los que acudían, ni tampoco los que lo hacían con estricta regularidad, eran como una piña que compartió juegos y secretos infantiles hasta madurar, o hasta que las circunstancias personales de cada uno se lo permitieron.

Ahora, aclara con algo de tristeza en la voz, casi todos aquellos compañeros yacen tras las tapias del cementerio, donde solo hay flores secas, pues queda poca gente en el pueblo para reponerlas, y yo no sé qué decirle para consolarla, porque me sorprende que este lugar le provoque esa sensación, cuando a mí me inspira tanta esperanza.

Por fortuna, han acabado sus lamentos, y su sonrisa se enciende al proseguir nuestro paseo, asegurándome animada que todavía hoy en verano revive el pueblo por algunas semanas, al escapar la gente de la ciudad durante sus vacaciones y llegar en estampida abriendo portones sonoramente. Se montan tiendas temporales en cada esquina, y los niños corren a comprar dulces a casa de doña Rafaela, que solo así es capaz de juntar ganancias para pasar el próximo invierno. Las músicas modernas chirrían obstinadas hasta altas horas, y los fieles del pueblo tras los visillos no se quejan, si bien no consiguen pegar ojo en toda la noche y son ellos los que temprano tienen que barrer las cáscaras de pipas de las aceras.

—Los viejos, llenos de sabiduría —explica en tono conformado— somos ignorados y, como a entes invisibles, se nos mira, pero no se nos ve, aunque a nosotros no nos importa, jugamos a ese juego y nos retiramos con gracia; les dejamos reinar donde ya lo hicimos antes con igual arrogancia. Les legamos la ilusión de creen ser los únicos en vivir y descubrir, amar y padecer, y desde una distancia prudente, observamos la escena y aceptamos con modestia ser tan solo esa pequeña pieza en el engranaje, minúscula pero imprescindible, para quienes nos rodean, para el balance y funcionamiento de la cadena de la que formamos parte.

»Después, una mañana de lunes o martes, tras las fiestas, los coches inician su regreso a la urbe, dejando atrás un vacío agradecido, un silencio añorado que volverá a pesar en el largo invierno.

»Mira, hemos llegado al sitio que quería enseñarte —dice deteniendo su monólogo y apuntando con el dedo a la distancia—, desde aquí a lo lejos se divisa la colina del Príncipe, el punto más alto de toda esta región, y cuando te apetezca, puedes subir y contemplar desde ella varios kilómetros a la redonda. Te aseguro que merece la pena.

»Cuando yo era joven, la excursión anual de los alumnos consistía en ir hasta ella subidos en carros y carretas, cargados de cestos con bocadillos y gaseosas, e intentar subir hasta su cima.

»Como en una expedición a superficie inhóspita y desconocida, los osados se apuntaban a escalarla resolutivos, motivados por la promesa de las profesoras de chocolate al alcanzar la cumbre, pero, a medio camino, la recompensa se convertía en insuficiente y una gran mayoría de llorosos abandonaba su empresa y regresaba con la cabeza gacha.

»Cada año era una misión digna de titanes que solo unos pocos conseguían, y las pobres guías acababan arrepintiéndose de sus buenas intenciones y de no haberse quedado en su ladera merendando pan con manteca junto a los más realistas.

»Más tarde, durante el viaje de regreso al pueblo, no se cantaban canciones a viva voz porque casi todos dormían apoyados contra las cestas vacías, tan solo se oía algún gimoteo, el de los heridos, pues siempre había algunos que acababa desollándose las rodillas.

»Parece que fue ayer —me anuncias mirándome fijamente—, qué corta se ha hecho la vida. Un día de repente estás frente a la montaña que no puedes subir o el obstáculo que no consigues saltar, y si tu altivez te lo permite, te doblegas y comienzas a soltar lastre, a liberarte de absurdos prejuicios, rencores infundados, tareas inservibles y amistades inútiles, todo aquello que te frena impidiendo semejante logro. Dejas en tu punto de mira lo único por lo que vale la pena tanto empeño; una puesta de sol, un sorbo de agua o una honesta compañía, porque solo así, liviano de equipaje, consigues trepar a la cima y abandonarte al cosquilleo de la felicidad.

*****

Volvemos sin hablar, como los críos lo hicieron en su día, y en casa Elisa cocina y yo la ayudo en lo que puedo, pero esta noche no soy buena compañía y me retiro al poco de cenar, cuando cae el crepúsculo sobre los tejados.

Sola en la intimidad del cuarto, y aislada de distracción alguna, me atrevo a asomarme a mi existencia. Ahora todo es distinto, recapacito, mi guion ha sido sorprendido por la tormenta en el banco del patio, y sus letras humedecidas emborronan las líneas, tiñendo las hojas de extrañeza.

Papá y mamá no son los mismos porque yo soy otra persona diferente. Mi idolatrado padre de fácil sonrisa me ha abandonado. El perfume antiguo de sus solapas, que se había quedado prendido en mis sentidos alentándome, se ha evaporado, y aquella amable languidez de los ojos de mi madre se ha desvanecido, dejándome suspendida en una de esas telas de araña olvidadas.

Sus personalidades, con esmero escogidas y protegidas, nunca crecieron en mí e, inmaduras, a pesar del paso del tiempo, eran fáciles de querer, pero en este momento de mi vida no son suficientes; quiero saber más, porque por primera vez me siento incompleta y llena de dudas.

El estallido ha detonado mi consciencia y desenterrado un puzle descabalado que deseo confrontar y finalizar. Siento que lo largamente evitado es ahora imperativo, que debo aglomerar las gotas dispersas hasta descubrir una imagen más clara y real de quien soy.

—¿Puedo pasar? —me sorprende una voz con olor a manzanas asadas.

—Por favor —respondo en un susurro.

Te sientas en una silla de mimbre que gruñe al hacerlo y nos observamos. Tus ropas descansando apacibles sobre tu cuerpo y tus manos arrugadas lo hacen sobre las rodillas. Ojos despiertos, pelo canoso y brillante, mirada que invita al sosiego y, frente a ti, el desorden y la confusión.

Las palabras se escapan de mi subconsciencia a bocajarro.

—Mi madre murió siendo yo una niña —confieso—, recuerdo ese día muy bien porque la gran casa de techos altos donde vivíamos, en ese instante, se tiñó de negro y ensombreció mis seis años. Aquel refugio se llenó de caras distorsionadas, que con una familiaridad inusual me pedían que fuese paciente y no hiciese ruido, a lo que yo les devolvía una mirada asombrada sin comprender para qué tanto misterio.

»A estas alturas de mi infancia, ya sabía que mamá no se despertaría más. Desde que recordaba, Nana me había llevado a velatorios en el pueblo, y reconocía el olor a cirios, la pesadez de las telas lóbregas y el rezo continuo de las más mayores. Entendía como el alma abandonaría el cuerpo de la persona postrada y sería escoltada al cielo o infierno para la eternidad, conformada y sumisa si el rezar era generoso, o que encolerizada por su brevedad haría girar al cuerpo del difunto en su caja.

»Me solté de entre las garras de una de aquellas sombras y, acercándome al ataúd, vi que ella ya no estaba, que se había ido dejando en su lugar una estatua de mármol tan fría como la lápida de los bisabuelos a la que me llevaba con frecuencia a dejar flores. Me había dejado sola con aquellos forasteros, sin ni siquiera el llanto para acompañarme, y sentí pena, cómo no, pero también mucho enfado.

»Las personas se me acercaban e insistían en mi oído que orase sin pausa, «ahora con más tenacidad que otras veces», decían, el padre nuestro y el ave María, por ella y por mí, su única hija y descendiente, sangre de su sangre y pecadora como ella, o que ambas iríamos directas al purgatorio, o peor aún, a las profundidades del averno, como lo llamaban, pero yo, con la mirada clavada en el cuerpo amortajado de quien fue mi madre, no sentía el mismo espanto que semejante pronóstico me había provocado con anterioridad. Ese día, lo que me preocupaba era que el ser más etéreo y misterioso de todos cuantos conocía se había llevado todas las respuestas que todavía no le había cuestionado, dejándome con la intriga de entender el mundo mágico donde vivía y que yo sabía que hubiera compartido conmigo con el venir de los años.

»Fue como si me arrancaran de entre los brazos un libro largamente pospuesto y en espera de ser leído más tarde, en el momento preciso en que lo hiciese precioso, y mi pueril entendimiento amasaba, al compás de las plegarías, una rabia interna que acabaría desembocando en rebeldía con el pasar de los minutos.

»Quería comportarme mal, pegar un par de patadas o hincarle el diente a una de aquellas visitas inoportunas que me decían lo que debía hacer sin explicarme por qué estaba sucediendo semejante tragedia, y se me ocurrió que tal vez era un castigo por haber espiado mamá el sueño de papá, o por traicionarle con su amistad imperdonable con Nana, y le pregunté a él, pero mi padre no contestaba ni parecía que me daría la razón si lo hiciese; tan solo derramaba lágrimas sin mover un músculo ni mostrar expresión alguna. Tomé sus manos entre las mías y estaban también heladas, y su cara casi más blanca que aquella que suplantaba a mi madre.

»En un absurdo vaivén me alejaban de él y, al poco, otros me sentaban en su regazo, y tanto me marearon que con gran desesperación de los presentes, que no pudieron hacer nada para impedirlo, me metí bajo la cama, donde el cadáver estaba postrado, prometiendo no salir de allí hasta que todo aquello se acabase y volviésemos a la normalidad, a nuestra bendita rutina; a las mañanas silenciosas en las que mamá mojaba el peine en agua templada y desenredaba mi cabello mientras yo sentía su respiración tras la nuca, un tanto dolorida contándome historias que no retuve; a los días soleados en los que, después de arreglarnos, salíamos al patio a recoger flores frescas o a podar ramas descabaladas, y en que cuando ella se distraía, yo me escapaba a entreabrir la puerta de la habitación donde mi padre se retiraba una vez que Nana comenzaba a hacer ruido descuidado por la sala.

»Su reposo apacible desprendía olor a tabaco y licor dulce que me golpeaba la nariz al entrar y, azarada, salía y cerraba de inmediato, antes de que aquel efluvio se esparciera por el resto de la casa y me delatara, volviendo presurosa al lado de mamá, que ya me buscaba entre las jaras.

»Papá casi siempre se levantaba mucho más tarde que nosotras, e incluso con asiduidad comenzábamos a comer solas sin esperarle, pero sin falta a la hora del postre aparecía risueño, como si nada inusual pasase, pues al fin y al cabo no lo era, repartiendo besos a una y otra.

»Mi madre se mantenía seria en tanto él se acercaba y charlaba complaciente, pero cuando la alcanzaba y abrazaba, se producía en su rostro una transformación que yo contemplaba con deleite: sus sentidos embelesados aspirando su amor, y sus ojos entornados adorándole, plena y feliz, locamente enamorada de él, al igual que yo.

»Después, al llegar por fin mi turno, me cogía en brazos o me perseguía por la casa haciéndome reír como una loca y a escondidas me regalaba cajas de cerillas vacías para coleccionar que yo guardaba como un tesoro, especialmente de la vista de mi madre, que las aborrecía.

»Nana, nuestra ama, nunca decía nada, pero sé que oía atenta lo que ocurría sin volver el rostro, con oído afilado, aunque sin detenerse en sus tareas, incansable y eficiente como un remolino, imponiendo su discreta y a la vez capital presencia. En casa no se hacía nada sin su consentimiento, compraba o vendía, recibía visitas o familiares, implantaba los horarios de comidas y cenas, así como los menús, siguiendo el calendario cristiano de ayunos y vigilias, pero su eficiencia no la excusaba en mis ojos, porque en su pequeña batalla sin tregua, yo tenía la certeza de que juzgaba y condenaba a mi padre sin que él hubiera podido hacer nada por defenderse.

»Cada sobremesa, al salir papá del cuarto, entraba de seguido para abrir las ventanas y sacar las ropas al sol, quejándose y maldiciendo entre dientes, aniquilándole con sus miradas de reojo tras cada frase que decía, e ignorando cualquiera de los cumplimientos que le hacía por sus guisos o buenos manejos en la casa. Pese a que intentó ganarla y apaciguarla de continuo, sentirla de su lado, consciente de su influencia en mi madre, fracasaba una y otra vez, y acabó desistiendo en sus modos, pasó a verse la víctima de su odio y la temía como a una hechicera, hasta el punto de oler varias veces cualquier bebida que ella le preparase antes de llevársela a los labios.

»Yo no llegué a congeniar con ella, porque a pesar de notar los besos nocturnos que me daba cuando me creía dormida, no entendía ni perdonaba su rivalidad con mi padre; sin embargo, mamá y ella eran parte del mismo ser. Lo que una no tenía, lo complementaba la otra, y con asiduidad se las veía cerca, hablando bajo para que yo no escuchase, en un siseo indescifrable, en una alianza que me creaba gran resentimiento hacia ambas, y que provocó mi fuga furiosa en más de una ocasión, con la firme promesa de no volver para darles a ambas un escarmiento, aunque los humos se me bajaban en cuanto el hambre golpeaba mis tripas.

»Tengo por encima de todo un recuerdo de secretos y escondites, de bolsillos registrados, de salidas furtivas y entradas de puntillas, de susurros lejanos y suspiros nocturnos, de ilustraciones de bailarinas con sombreros de plumas y músicos de bigotes retorcidos en cajetillas de fósforos. Guardo memorias del fondo del armario, donde escuchaba, sin ser vista, enigmáticas conversaciones que no comprendía.

*****

Aunque algunas personas caminan de mañana temprano por la carretera, la mayoría de ellas lo hacen al atardecer hasta que las tinieblas los rodean, y hoy yo los acompaño. El cielo es rosa y naranja, y el paisaje, irreal, como lo soy yo, entre este puñado de gentes que encontré o me dejaron encontrar.

Hacemos parejas o grupos pequeños, de sombras más grises y alargadas a medida que pasan los minutos y el sol cede a nuestras espaldas, y nos saludamos al cruzarnos con una sonrisa o un comentario vago.

La carretera larga y recta se extiende ante nosotros, parece que fuerte e indomable, y sin embargo será tomada mañana por el sol del mediodía, que difuminará su rastro en el horizonte. Este camino de negro asfalto como algunos pensamientos se derretirá ante el calor impío para no resquebrajarse, para que otra vez, cuando el calor lo permita, nosotros paseemos y contemos banalidades sin trascendencia sobre ella.

Bajo la mirada y un segundo después, al levantarla, ya está oscuro, la noche ha caído casi por sorpresa, pero mantengo la calma, sé que el día se renovará incansable en su admirable tozudez y otra vez podremos reunirnos en nuestras caminatas mañana, hasta que concluya y el ciclo comience de nuevo.

Si yo pudiese, te pediría de vuelta mis promesas, aquellas que me sacaste entre besos y delirios, pero imagino que ahora estarás ya embarcado y las habrás llevado contigo, flotando en una ristra de tantas como fueron.

Me pregunto si la sonrisa con la que partiste se habrá borrado ya de tu boca o si aún serás capaz de esbozarla, fluyendo fácil y despreocupada, al recordar el día en que nos conocimos.

Bien temprano, aquella mañana, yo había ido al establo, a cargar al burro con las aguaderas para rellenarlas en la fuente de la plaza. Era el día de mi cumpleaños, y la noche anterior papá y mamá me habían dado su regalo, unos preciosos pendientes de perla que habían traído de un viaje, y no veía la hora de salir a mostrarlos por todo el pueblo.

Hasta entonces, solo había llevado unos aretes diminutos, que justo tras la cuarentena, habían perforado mis lóbulos como al resto de las niñas del pueblo, pero este presente era el reconocimiento por parte de mis padres de que ya no era una niña, casi un permiso para crecer.

Con paciencia e insistencia empujé al asno entre las callejuelas, pero él me negaba, insolente, mostrar mi gracia al andar con su tozudez, y los niños de la calle, compañeros de juegos hasta el día de antes, se reían a carcajadas de mí, recordándome quién era yo, burlándose de mi nuevo orgullo e hiriéndome con profundidad. Agarré un puñado de piedras del camino y se las arrojé con rabia entre maldiciones, sin duda en mi mente, de que yo había cambiado de la noche a la mañana y que sus mofas infantiles eran infundadas. De verdad me sentía más alta que la tarde anterior, juraba que más formada en mis contornos, y mientras sorteaba las grietas de la vereda, mi silueta, desdibujada en las cristaleras de la botica, reafirmaba mis esperanzas.

Cuando tras mucho esfuerzo alcancé la plaza, ya estaba abarrotada de mujeres y retoños abasteciéndose, que entre risas y peleas esperaban su vez sin orden alguno. Los jornaleros aguardaban junto a la casa del cura para ser llevados a las fincas a trabajar duro por unas pocas monedas; los veteranos, charlando con voz preocupada, y los más jóvenes, relajados, riéndose entre ellos entretanto miraban de reojo a las mozas de la glorieta.

Yo me estiraba, deseosa de ser advertida, alargando mis quince años, atusándome el pelo, coqueta, y mostrando a todos y todas mis pendientes, queriendo que se me reconociese mi nuevo estatus y diferenciase de las crías que aún peinaban trenzas, pero al pasar una vez más mis dedos por entre los cabellos, percibí que uno de los zarcillos no colgaba ya de mi oreja, y un calor insoportable me subió a las mejillas. De inmediato, me vino a la cabeza la mirada de amor y confianza de mis padres al entregármelos, y con un nudo en la garganta, comencé a desandar el sendero en su busca, subiendo la cuesta de la panadería, asustada, fijando mis ojos en cada grano de arena del camino mientras rezaba a San Antonio para que me ayudase, y entonces, una voz fuerte y serena me detuvo en seco con su saludo, me volví y allí estabas tú con una gran sonrisa tranquilizadora, mi pendiente en la palma de tu mano y mi corazón en camino.

No me pareció haberte visto antes, pero cómo podría no haberlo hecho. Fuerte y bien parecido, de ropas humildes pero impecables, que al acercarme a ti, tímida, me envolvieron en su olor limpio y soleado. Tus ojos castaños se clavaron en los míos estremeciéndome y mis mejillas se pusieron todavía más rojas, creciendo en mí un temblor nuevo que no me dejaba articular palabra, ni siquiera de agradecimiento.

Desde ese día, nunca más saliste de mi vida. Yo era por ti y para ti.

Llegaba la primera a la plaza cada mañana y me iba de las últimas, inventando excusas para ello, ayudando a los más pequeños y a los más mayores, o a aquellas que «parecía» que tenían prisa, queriendo que el tiempo en la fuente se extendiese lo más posible y durase una eternidad, porque con el simple hecho de saber que tú y yo estábamos cerca, una satisfacción desconocida hasta entonces me arrullaba.

En casa, malgastaba el agua para volver a diario, y a la hora que sabía que los jornaleros regresaban, me escapaba para verte y cruzar una mirada contigo, un exánime guiño o un leve pestañear, para que mis latidos se desbocasen y mis rodillas flaqueasen.

Ahora observo las estrellas y evoco todo ello, tan fijo que casi duele, y pienso que tú tal vez las mires después de todo, aunque cuando te pedí que lo hicieses en tu ausencia, te reías y me llamabas niña. Tus cálidas yemas rozaban mis labios mientras lo decías.

Cómo consentimos separarnos. No entiendo cómo pudieron vencernos aquellos ojos tras las ventanas. Por qué cedimos y nos alejamos dejando que todo parezca una quimera que se escapa con el desertar de cada mañana.

Cariño, es tan difícil, los minutos no pasan, sino que se detienen y alojan en mí, y aun así, llega el final de otro día que cubre los sueños con pesadillas. Otra noche de cruel y hermosa luna como cuchillo de dos filos, que, burlona, se entretiene en sus fases_jugueteando con mi cordura.

Vuelve, te lo suplico, porque tu ausencia es fría y húmeda, como el pozo que la oscuridad apenas ilumina. Un pozo hondo de desconsuelo, de sinrazón.

*****

¿Habrá Elisa perdido a un gran amor? ¿Será ese sufrimiento la causa de su soledad? ¿Por qué querría compartir estos sucesos conmigo?

No consigo entender el propósito de estas cartas en mis manos, pero aunque no sepa de quién o por qué, leerlas me transportan a un lugar novedoso y diferente, agradable de visitar. Un territorio que apenas conozco porque no dejé que el amor me alcanzase de lleno.

Me doy cuenta a través de estas cartas que sufrir por amor es un lujo preciado dentro de un mundo tan complicado en nuestros ojos, y en lugar de sentir pena por quien escribió sobre su amado en estas hojas, tengo envidia, porque jamás permití a nadie seducirme hasta tal punto de vehemencia. Ahora me arrepiento.

Leo y releo cómo un corazón hecho jirones es capaz de entregarse en cada línea y llegar más lejos desde su pequeño recoveco de lo que yo haya viajado hasta ahora, y me pregunto si podré aún sentir esa casi aflicción prodigiosa, arder en brazos ajenos y experimentar pasión semejante.

Me miro en el espejo del baño y me doy cuenta de que mi pelo ya ha crecido ligeramente por dejadez, y que mi tez, coloreada del aire del campo, me da un aspecto nuevo y confidente. Me aseo y me pongo ropa cómoda, y en la cocina tomo un vaso de agua y algo ligero para salir de inmediato a la calle, a caminar sin rumbo fijo, pero casi sin quererlo, mis pies se lanzan en una carrera torpe que, sin embargo, agradezco, sacándome, caprichosos, del pueblo, golpeando el suelo firme o la tierra blanda, en línea recta o al azar.

Las casas se van quedando lejos, todas iguales desde la distancia, y detrás de ellas, desafiando tanta llanura, se alza la colina del Príncipe, como un pensamiento claro que nos guiase entre la confusión, como una preciosa respuesta que se escuchase entre el tumulto.

*****

Durante los siguientes días, adopto como hábito madrugar y correr hasta que me apetezca. Quiero retomar un poco de control en mi anarquía. Cuidarme y darme ánimos.

Salgo de casa sin dirección definida y no paro hasta que el ruido de gravilla de algún camino desolado me devuelve a la realidad. Entonces, recupero el resuello y observo la luz colorear el paisaje, poco a poco, con pinceladas precisas que definen cada silueta hasta mostrar la cara amable de cada piedra, de cada filamento esmeralda.

Todo es vida. La maleza que crece a la vera de los pastos que nos dan de comer y la maldad que palpa e intenta contaminar el candor. Por igual, la fastuosidad y las desigualdades, los prodigios y el drama, todo; e irrefutable nosotros poco o nada podemos hacer por cambiarlo, por aplacar, controlar o equilibrar la complejidad del cosmos.

A lo lejos, algunas personas emprenden el trabajo en sus huertas, con mulas o tractores, con las manos desnudas y encallecidas, los saludo en mi regreso y, sorprendidos, me devuelven el cumplido; y en el pueblo, las calles son sacudidas por las costumbres cotidianas, escondiéndose una tarea tras cada ruido: el pestillo que se descorre, la ventana que se abre de par en par, la alfombra que es golpeada con insistencia, la persiana que se enrolla en pita deshilachada y polea chillona, y el agua hirviendo, que subiendo a borbotones por las cafeteras me transporta a casa a grandes zancadas.

Desayuno con Elisa y le digo que los recuerdos de mi infancia siempre han estado ocultos bajo una capa de polvo, pero que ahora afloran en esta atmósfera tan pura, tal vez en el momento que deben hacerlo, sin agobios ni demandas, para quizás reconciliarme con ellos y que dejen de incomodarme, para interpretarlos con el cariño que solo el correr del tiempo permite.

—Después de la muerte de mi madre —continúo con el relato—, mi padre apenas dejó su cuarto. Yo me sentaba junto a él o intentaba dormir a su lado, pero rara vez lo conseguía porque su respiración me inquietaba —unas veces, rápida y descompasada; otras, débil y con demasiada pausa— y me abrazaba a él con un temor nuevo, apretándole con el desespero de un adiós inminente hasta que los ojos se me cerraban sin darme cuenta.

»Nana ahora nos cuidaba a ambos, lúgubre y taciturna, pues el motor que la impulsaba se había detenido en seco como el nuestro. Sus inquebrantables normas se distendieron hasta el punto de casi hacerme añorarlas, consintiéndome lo impensable hasta entonces, dormir con mis zapatos preferidos puestos, rodeada de un desorden de juguetes y ropas predilectas.

»Sin su mando, la casa comenzó a decaer en sus hábitos con rapidez, a vaciarse día tras día de sus más valiosas posesiones —hoy, un candelabro; mañana, una caja de madera de cedro traída de lejos—, las cosas desaparecían sin que me lo explicara nadie más que mi imaginación, que, disparataba, lo atribuía a brujas o ánimas, aunque poco estaba equivocada, pues, como apariciones, nuevos parientes habían llegado a frotarse en la desgracia ajena al igual que alimañas, arrasando con prontitud con vajillas y cuberterías de plata.

»Mi reino se desmigajó frente a mí sin que hubiese alguien para defenderlo. Yo, una mocosa que nadie contemplaba; Nana, la sirvienta que nada podía decir o hacer, y papá, sin ser capaz, alejándose de nosotras sin querer incomodar, cada vez más ausente, hasta que un buen día desapareció bajo sus sábanas sin dejar rastro de su existencia.

»Me dijeron que se había ido a descansar, como si nuestro mutismo le incomodase y no volví a verle más. Tampoco a preguntar por él.

»La noticia de su fallecimiento me llegó a comienzos de un verano, tras los exámenes del internado donde crecí entre libros, disciplina y soledad, mucha soledad, gigantesca soledad de vacaciones, cuando todas las demás eran sacadas de allí y yo tenía que confórmame con el abandono. Soledad nocturna, cuando en Navidad la única cama ocupada era la mía y podía escoger cada mañana una silla del comedor desolado para el desayuno, espacio enorme de mesas brillantes que solo reflejaban mi imagen. Soledad en el patio de altos muros y en los pasillos de losetas enceradas. Catorce años consecutivos de cautiverio sin saber por qué, pero con muchos días de soledad aterradora para imaginármelo.

Elisa se acerca y me abraza, y lloro por esto y todo lo demás, porque los golpes que tomamos no desaparecen, aunque lo parezca, tan solo están agazapados merodeando nuestras debilidades.

*****

Cocinamos juntas hasta el mediodía. Elisa comanda y yo participo donde ella me requiere. Troceo verduras, parto cebollas, pelo patatas, remuevo salsas o condimento guisos, me sorprendo a mí misma con el buen tacto en acabar aquello que queda a medias.

Los utensilios de cocina son viejos, algunas sartenes tienen los mangos quemados, y los cubiertos parecen un muestrario pues apenas hay dos iguales, pero en ningún restaurante he comido manjares como los que ella prepara.

Hablamos lo justo, y a pesar de ello nos compenetramos a la perfección, creo que las palabras nos estorbarían y confundirían, que las comidas no sabrían lo mismo, y cuando el festín está en su punto, extiendo sobre la mesa el mantel planchado a capricho y las servilletas de paño junto al resto de enseres necesarios y Elisa aparta con tal afecto que me enternece. Al servir el agua y sentarnos a comer, me siento mejor que nunca, antes incluso de haber probado bocado.

Estas pequeñas cosas han pasado a ser nuestro ritual cotidiano y siempre acaban igual, en un almuerzo sin prisas donde degusto cada plato con lentitud, descubriendo nuevas especias hasta hoy ignoradas. Después, hacemos sobremesa, quedándonos medio dormidas entre libros o música antigua, hasta que el sol se hace más soportable y reabrimos las puertas para salir juntas a caminar.

Al lado de uno de los mojones del camino, cada tarde, encuentro a un hombre viejo que espera a quien desee escucharle. Dice haber observado el cielo por horas sin fin, ver más atardeceres que nadie en toda su gama de colores e inventa fascinantes cuentos con las siluetas de las nubes. Por las noches, cuenta las estrellas y las bautiza él mismo, enumerando de carrerilla un par de docenas de nombres que no están escritos en diccionario alguno. Sabe que su misión es imposible, porque es hombre cuerdo, pero no por ello desiste; me recuerda que alguien debe poseer ese sueño.

Hoy, al pasar junto a él, me dijo sonriendo que, aunque su feudo poseía solo dos bienes, era muy afortunado y no se cambiaría por nadie, «un bastón fiel y un universo entero», me aclaró al interrogarle, y tengo que creerle aun sin entenderle por completo, pues no hay muchas personas que exhiban tanta convicción como él.

Tus manos me obsesionan y trastornan desde la distancia, parece que las siento rodeándome, acercándome a tu cuerpo, y después sé que no es posible. Tus manos entre las ramas, grandes, a veces arañadas, que cogían las mías y me hacían perderme entre ellas.

¿Te acuerdas de aquella vez en que se oía la música de las fiestas y atenazándolas con fuerza a mi cintura, bailábamos bajo la luna? El resto de cuanto existe estaba tras aquellos árboles que nos escondían, dejando solo adentrarse las notas de una dulce melodía y tus ojos brillaban tanto que parecía que ibas a llorar por mí, pero era deseo, lo supe cuando las dejaste resbalar y oprimieron aún más mis caderas; entonces imaginé que mis ojos brillarían con la misma intensidad que los tuyos.

¿Quién puede seguir el paso con semejante recordatorio? Tropiezo o pierdo el rumbo a menudo y algunas mujeres murmuran a mi pasar.

Ha llegado el calor, y las ropas extendidas se secan rápido y abanican con su blancura las mañanas. Las fachadas de las casas se pintan de cal y se apalean los colchones de lana. Se pulen los escalones de la iglesia y las mesas del colegio se lijan con arenilla de piedra.

En el bochorno del mediodía, los críos se distraen con facilidad y se retrasan en sus tareas, probablemente pensando en los botijos rellenos de agua fresca que paliarían la calima de dentro de la clase y que fuera les esperan en fila, a la sombra de las paredes de la escuela.

Los ventanales permanecen abiertos de par en par, con la confianza de que alguna corriente se cuele entre ellos y nos alcance, pero lo único que se adentra es el olor de aquellas tardes en que paseábamos por la carretera y tú me alcanzabas zarzamoras de los árboles que manchaban nuestros dedos entre risas. Aquel camino era bonito, pero ahora he descubierto llanuras interminables que tapaban las moreras, océanos de piedra que me resecan la garganta, y he aprendido a evitarlo también, a no esperar reconforto alguno en nada de aquello que un día, dichosos, compartimos.

Así que, a pesar de la arribada del verano, en el cual había depositado gran optimismo, las paranoias me poseen y la fortuna de los otros me incomoda, no soporto las risas de los jóvenes que retumban por todo el pueblo, su dicha pueril, y únicamente me identifico con las ancianas de negro, sintiendo su mismo luto en las entrañas. Añoro el crudo invierno y los encierros en casa, y la lluvia amarga, y la falta de luz para esconderme de la vida que sonríe tras cada rayo de luz, y mi único deseo es volver a mi cuarto y encerrarme entre sus paredones para escribirte cómo me siento, para volcar en el papel mi duelo y ver si así pesa menos.

*****

Otro día llega, y pese a mi impaciencia por averiguar la procedencia de estas cartas y su significado, Elisa sigue sin mencionarlas. Comenzamos la mañana con planes de una cosa u otra, y aunque procuro la ocasión para sacar el tema, es casi imposible encontrarlo, ella lo evita y me lo pone difícil. Hoy me propone que tras mi carrera matutina visitemos la iglesia y yo accedo encantada, pero a la vez determino que, con o sin pretexto, le haré un comentario sobre ellas.

Más tarde, sentadas en los bancos de madera de la capilla, observo en silencio el suelo de losetas blancas y negras que recuerdan a un tablero de ajedrez. La cúpula de ladrillo visto contrasta con la laboriosa lámpara que lo ilumina y hay una pila bautismal de piedra que solo Dios sabe cuántos niños habrá bautizado ya. Biblias dispersas reposan por los asientos ante la pétrea mirada de varias figuras de santos, cuyos nombres dejaron de ser familiares para mí hace mucho, al dejar el internado y las misas obligadas, pero me gusta este sitio y su olor.

Elisa me explica en voz baja que en Semana Santa los jóvenes del pueblo velaban aquí al cristo toda la noche, turnándose entre ellos con gran devoción y sobriedad, hasta la procesión de la resurrección, que era cuando levantaban el manto negro que cubría a la virgen y se la llevaba a reunirse con su hijo. Era el momento en el que toda la tristeza que por días había flotado en el pueblo se transformaba en gozo por su reencuentro y por el comienzo de la gira.

Desde hacía semanas se habían iniciado los preparativos para la romería anual. Los mejores hornos para amasar y las carretas más fuertes para el desplazamiento de los vecinos habían sido cedidos en esas fechas por los dueños de aquellos que tenían la suerte de poseerlos, y había un gran espíritu de camaradería sin repararse tanto en clase o riqueza.

Entre risas, se adornaban los carruajes con guirnaldas de adelfas y juncos del río, y se amasaban y preparaban roscas de pan con huevo cocido para el Domingo de Pascua, rosquetas blancas para el lunes siguiente, tortillas y filetes empanados, pimientos, choricillos y torreznos.

Los más mayores preveían y discutían entre sí el tiempo que haría, mirando al cielo con asiduidad, reafirmando o mudando sus pronósticos, y las mujeres anticipaban qué ponerse, algunas incluso compraban o cosían algo nuevo.

Cuando por fin llegaban el domingo al olivar, donde cada año se congregaban en alegre cortejo, compartían comida y vino con sifón refrescado en el riachuelo que yacía plagado de melones, tomates y pepinos por doquier, además de niños traviesos salpicando agua.

—Éramos felices y no lo sabíamos —recapacita Elisa en voz alta.

Al abandonar la iglesia, de camino a casa, me pregunta por mis más dulces memorias, y después de pensar un rato, le hablo de la tarde que abandoné el colegio tras la visita del notario que me legó mis bienes monetarios al cumplir la mayoría de edad.

Le detallo cómo se cerraron las rejas a mis espaldas y se abrió la enorme ciudad ante mis ojos, las farolas nocturnas refulgiendo en las calles húmedas y el bullicio de la gente, el codiciado anonimato.

Le explico cómo fue recibir la libertad de un golpe seco y contundente, sentir el aturdimiento de lo novedoso y la sed desesperada en tomarla toda de un sorbo perdiéndose. Admito mis excesos al entregar esa misma noche mi cuerpo a un extraño, casi en una venganza, y como cuando el desconocido quedó dormido, junto a mi aún tierno cuerpo, lo aparté con repulsa rebuscando entre el desorden todas mis pertenencias para desaparecer de inmediato, huir apresurada intentando borrar mi error con la partida. Asqueada, le confieso, pero a la vez poderosa, estúpidamente poderosa.

Tras unos días de algo parecido a una resaca en la habitación de una pensión, conseguí reorganizar mis pensamientos y con la cabeza más sobre los hombros, alquilar un apartamento justo al otro lado de la ciudad, un lugar tranquilo donde retomé los estudios y fui centrándome.

Del dinero que me había quedado de la herencia, lo único que me importaba era saber hasta cuándo me permitiría vivir con desahogo; no me interesaba su exacta proveniencia o lo que representase, lo acepté como retribución a mi pasado y lo extendí al máximo, consiguiendo acabar mi carrera, y más tarde montar una agencia inmobiliaria con lo que sobró, negocio que siempre me fue rentable y dirijo hasta hoy.

Elisa sabe escuchar y no me interrumpe, sé que tampoco me juzga, por eso me abro a ella y escuchar mis propias palabras me hace bien, rebotan contra los tabiques y al caer son más pequeñas, menos pesadas, sin tanta importancia o rencor.

Me siento tranquila y optimista, y me decido a preguntarle sobre las cartas, pero ella sonríe y me dice que no me preocupe, que al madurar la manzana, cae por su propio peso, y después me guiña un ojo y me anima diciendo que ese día está cercano.

Hace seis meses malditos que no vivo, y tras semejante eternidad sin una nueva sobre ti, por boca ajena o carta propia, me siento perder más y más la fe.

Aún fiel, me agarro a las palabras que dejaste, y mis dedos luchan por retenerlas sin tregua, pero se escurren como si estuviesen cubiertas de aceite haciéndome resbalar con ellas, descubriéndose en la caída montones de dudas, irrefutables faltas e incompletas verdades.

En un último coletazo por salvarme, con la certeza de que si continúo de esta manera acabaré conmigo, me resigno a olvidarte y vivir sin ti, a empezar un nuevo camino y adoptar distintos modos, diferentes quehaceres que consigan que el sol brille y el arrojo vuelva, pero pronto me asalta un zumbido que me impide desmarañar mis pensamientos, una bruma espesa que no me deja ver con nitidez la senda a seguir, y atemorizada vuelvo a ti, a tu rostro y tus juramentos, a nuestros anhelos y manos entrelazadas.

Ya sé que eres tú quien bate la colmena de abejas haciendo que se dispersen a mi alrededor, que eres tú quien retiene la brújula que podría guiarme entre la niebla, y que eres tú el que sabotea cada intento, pero también eres tú la fruta que alimenta y la bendición que anula el tedio; tú el que me separa de lo común y engrandece, y no puedo ni quiero dejar de amarte de esta manera irracional.

Así pasan los días entre idas y venidas de un polo al otro, mudando de un estado al siguiente sin aviso previo, sin entenderlo apenas. Un momento soy tuya con la fuerza de un volcán y al siguiente te desprecio con una intensidad que me produce náuseas. Deseo tu vuelta más que el aire que respiro, y despierto a mi repulsa por algo tan vulgar. Te amo, vuelve pronto, no puedo vivir sin ti. No vuelvas, no mereces la pena, jamás nos amamos. Calor. Frío. Sí. No.

Mi vida se ha convertido en un círculo, en algo redondo como la esfera del reloj que me dirige. Un círculo de tiempo metálico que no me consiente descarrilar, que a veces se hace grande e imperceptible y me deja creer que soy libre, pero que, cruel, se burla y me lleva otra vez al comienzo, de nuevo a un idéntico camino que recorro hasta la saciedad. Arandela que se encoge y disminuye en mis peores días, que camino en una hora, en dos minutos, que me abruma, que me aflige, que me ahoga y aterroriza, que es punzada que estalla en mis entrañas, anilla que encadena a la misma pesadilla, a insistentes preguntas y calcados titubeos. Redondo lo que siento, lo que hablo y lo que callo.

*****

Algunas hojas empiezan a quemarse por las puntas y las flores se caen sin remisión, el verano entra con fuerza, y con fuerza renovada lo afronto.

Vivo en calma en este rincón y soy feliz, pero sé que la vida no es un juego, y que no puedo engañarme y esconderme por mucho más.

Los días pasan, casi vuelan, y a la vez dentro de mí, puede que la negrura se extienda ganándome terreno. Lo sé muy bien.

Por primera vez, encuentro la valentía suficiente para reconocerlo, y a pesar del daño que esto me hace, es ese mismo brío el que me deja ser más positiva y atenerme a los hechos sin adelantarlos, liberar la razón que, cautiva de mis emociones, me ha dañado de tal modo que casi acaba conmigo antes que cualquier enfermedad.

Cada mañana la encaro como los árboles de la tormenta, sin asustarme ante lo irremediable, creyendo en mi capacidad para afrontar lo que esté por llegar, o al menos concediéndome el beneficio de la duda, porque la borrasca trae promesas en cada gota de agua que derrama y no solo un puñado de arena a los ojos.

Me siento gradualmente más resistente y a la par moldeable, como el flexible pavimento que cubre la estrada, y confío en saber encontrar los recursos que dentro de mí anidan para utilizarlos a mi favor y cimentar el camino como yo lo desee, crear los días en mi beneficio y no en contra mía.

Sé que hasta ahora he vivido en blanco y negro, en crudo y sin condimento, a carne abierta y corazón helado, y este capítulo es un martillazo que ha demolido mis murallas, descubriéndome de entre una ausente existencia sin marcha atrás, pero que tampoco quisiera, porque es hora para madurar de verdad, y no me refiero a la madurez que llega con el pasar de los años, sino a la otra, la que se obtiene con la sabiduría que anda escondida tras la humildad y la aceptación.

En estos días tan difíciles y revueltos de insomnio y confusión, voy encontrando el ángulo correcto de perspectiva en mi trayectoria, el necesario para enfocar primero lo que es primario y abrazarlo por completo sin envenenarlo, desde su comienzo hasta su final, con calor pegajoso o un temor que sacuda el alma, pero que es lo que me demuestra que estoy aquí, que soy capaz de reír o llorar, luchar y agarrar esas sensaciones con ambas manos, con un coraje inesperado que protesta al miedo mi grandiosidad al elegir ventura.

No hay nada que perder, aquella cautela por no sentir o la preocupación por las cosas insignificantes o exorbitantes sobre las que no poseía control alguno, solo me privaron de muchos regocijos y llegué a olvidar las cosas básicas y vitales, las cosas buenas que me rodeaban y que ahora quiero disfrutar sin destruir o corromper con mis recelos.

Dejarse llevar, sí, pero no por el pánico, sino por la brisa, dejar que sea ella la que me empuje suavemente en la cuesta.

Cada mañana espero tu carta, mi carta. Quiero verla en la entrada, aguardándome sobre las baldosas. Cada día sé que está, y cada día me equivoco, y decepcionada me enojo y te maldigo, te pido perdón y me entretengo lo que queda del día imaginando qué te contaré cuando escriba mi respuesta.

Te confesaré que he conseguido dormir una noche sin soñarte y dar una clase sin oírte, que en la escuela los críos progresan inundándome de orgullo, y que nuestra gata ha tenido una camada de seis gatitos.

Que mi padre se exaspera cada día más conmigo y mis silencios porque, sin quererle mentir, apenas le hablo, y que mi madre sigue comprando mi ajuar e incitándome a bordarlo. Que murió el molinero, y la hija del electricista se fugó una noche con un extranjero que pasó por el pueblo contando historias de países lejanos.

Asimismo, te contaré que algunas cosechas se han helado este invierno y que la matanza se hizo el 16 de diciembre, porque, como una maldición, la niebla no cesaba de aparecer y estragar las mañanas elegidas, pero, al final, llegó el frío y soleado día festivo, y mi padre trajo al mejor matarife de la comarca y convidó a una bandada de niños para remover la sangre y evitar que se coagulara. Yo, que nunca le hice mucha fiesta a este suceso, andaba esta vez aún más angustiada, creyendo escuchar mis propios lamentos en los del pobre animal, notando mis tripas virar mientras reviraban las de su cuerpo todavía caliente.

Como cada año, regalamos al médico nuestra mejor pieza del cerdo, y a la chica que limpia y plancha en casa, lo suficiente para varios cocidos y una ristra de morcilla de lustre. El médico no, pero la chica bien lo necesita, pues otra vez está embarazada, será su séptimo hijo en ocho años de casada.

Sin falla, llueva o nieve, cada dos sábado a la hora del desayuno, llega Paco, su hijo mayor, que con sus siete primaveras recorre a pie los diez kilómetros que nos separan de la vaquería donde ha sido acogido. Viene para ver a su madre y cambiar los libros que le voy prestando, libros que lee durante las cuatro o cinco horas que pasa a diario en el campo, vigilando los becerros al pastar. Además de este quehacer, es el encargado de encender los fuegos de la cocina antes de que nadie en la casa se levante, ordeñar las vacas y limpiar sus cuadras, sacar el agua del pozo y segar alfalfa verde, y debe de ser por todo ello que parece más mayor, que su entrecejo está fruncido y su mirada sea responsable, aun a tan temprana edad, pero cuando le ponemos un plato lleno de comida recién hecha, dibuja una sonrisa de oreja a oreja y comienzan a caérsele los años de su diminuto porte.

Me habla en un tono de voz grave y precavido, y sus inquietas palabras preguntan incesantes, con un afán increíble por conocer, entender y descubrir lo que habita más allá de nuestro pueblo.

Creo que también él se irá un día, como lo hiciste tú, pero espero que no deje atrás rehén alguno contando días, minutos, segundos, haciendo muescas tras un armario, cruces en el calendario, imaginándole ahogado en noches cerradas de aguas oscuras, y ahogándose ella misma en las lágrimas que el afilado horror le arranque, con el corazón en tempestad perpetua, temiendo de continuo por el frágil cascarón de esperanzas que apenas le asegura a flote.

Amor mío, hay tardes benignas en que las nubes se perfilan doradas, con cielos teñidos de alegres colores que me traen renovado coraje para esperarte; en esas tardes, soy capaz de imaginar que estás de camino a casa, a mi cobijo, y sonrío imaginando nuestro reencuentro y lo que me contarás de esa nueva patria mientras rodeas mis hombros con tu abrazo.

*****

Una vez por semana, los jueves, se monta un mercadillo en la plaza y las calles adyacentes. Es una mañana diferente, donde dicen que se puede comprar casi de todo, para variar, y me atrae la idea de deambular en medio del bullicio saltándome mi retiro y las marchas matutinas, así que Elisa y yo salimos juntas al oír el ruido metálico de los puestos al ser armados.

Primero, compramos las frutas y verduras tan pronto como son sacadas de las furgonetas, y las llevamos rápido a casa, pues ya hace tanto calor que más tarde se ablandarán en las cajas, y después volvemos de nuevo con menos prisa, separándonos a la entrada para seguir cada una su camino y aprovechar más la ocasión.

Mis ojos se detienen en unos sombreros de paja para protegerme del estío y, regateando un poco, consigo uno a buen precio. Mi perfil reflejado en una bandeja metálica me asombra, apenas me reconozco. Mis trajes de chaqueta e impolutas camisas de antaño aquí no son necesarios, y mi ropa ha pasado a ser más funcional que antes; la apariencia, menos importante que el bienestar.

Camino tranquila entre la gente nueva que esta feria ha traído, distinguiendo algunas caras familiares que noto que también me reconocen, y me siento parte de esta comunidad que me ha acogido, de este flujo de personas que, al principio, al romperles la rutina, me miraban con suspicacia, pero que ahora me tratan como a una más en la caminata. Soy una amiga a la que revelan sus vidas un poco cada tarde, haciéndome sentir inmensamente alagada, satisfecha de haber ganado sus confidencias. No hay lucro ni necesidad en nuestra camaradería; sin embargo, esa sensación de pertenecer es algo mucho más grande lo que produce: una calidez interior que en ningún cometido profesional había experimentado.

Al recordar mi pasado tan reciente, y a la vez tan distante, sonrío, el bolso con tanto cachivache y lo imprescindible que me parecían el coche o el teléfono, la agenda o mi asistencia en una reunión de última hora, como si el planeta hubiera podido extinguirse sin mi bendita presencia requerida de continuo, como si algo de aquello tuviese la menor relevancia.

Aquí solo hay tierra y cielo, y pocas aspiraciones entre ambos más que llegar al ocaso del día; no obstante, es aquí donde he sido rescatada de aquel mundo ficticio de soledad e insatisfacciones, de desamparo camuflado en insignificancias.

No hay nada que eche de menos de la ciudad, pero no sé cómo voy a ser capaz de sobrevivir cuando me marche de aquí, porque cada despertar renazco un poco, y esta nueva persona que surge de entre las sábanas es sincera y optimista aun cargada de dilemas.

Me he liberado de la preocupación constante por rellenar los minutos o de justificar mi paso por ellos, porque ahora sé que lo que vaya a pasar lo hará, indiferente a lo que se posee o se codicie, pero mientras no esté aquí, lo que de verdad me apetece es comprar flores y llenar jarrones o botes adornando la casa, sin importarme que la dehesa esté llena de ellas y sea absurdo hacerlo, me gusta y disfruto al hacerlo, y por esa única razón me lo consiento.

Toldos y sombras improvisadas delimitan el mercado ambulante que vende de todo y nada.

Ropas rebujadas, camisetas organizadas por tamaños, collares de cuentas vidriosas, pulseras de madera dudosa, zapatos de fiesta, zapatillas para andar por casa, galletas caseras, miel y vinos de la zona, gafas de sol y abanicos, platos de cerámica y juguetes a pila, cuchillos recién afilados y libros usados de hojas arrugadas.

El gris cotidiano no existe al mirar de frente, pero no más allá, como suelo hacer, sino justo donde me alcanza la vista. La gasa que cubría mis ojos se ha caído, la niebla que me rodeaba se ha levantado, los crujientes y brillantes colores del papel celofán del puesto de caramelos se han magnificado y el olor de las frutas madurando bajo este sol y de los pepinillos y aceitunas aliñadas me hacen la boca agua inundando mis sentidos con el deleite por vivir.

Estoy rodeada de placeres que no he de conquistar, tan solo dejar que me aborden y gratifiquen con su complacencia, y así lo hago, con plenitud, porque quiero dejar de ser mi más temido enemigo, porque no soy culpable de nada ni merezco castigo alguno.

Cuando empiezan a recoger los puestos, me detengo en uno de jardinería y compro dos plantas, y al reencontrarme con Elisa y dárselas, se pone un poco roja y las dos nos reímos. Decidimos colocarlas en la entrada y con este gesto plantar también nuestras raíces en este lugar.

Esta noche, las ventanas abiertas de par en par dejan entrar el cantar de los grillos con más persistencia. Nos sentamos en la sala y le pregunto a Elisa cómo podría ir hasta la colina del Príncipe y de inmediato se entusiasma, dándome infinidad de indicaciones y consejos. Me recomiendo coger el autobús a las ocho, en la gasolinera, a la salida del pueblo; me asegura que el conductor me indicará dónde bajarme y a qué hora recogerme de vuelta. Me prepara algo de comida para llevar, y juntas llenamos una pequeña mochila con lo imprescindible.

El intenso viento pela las ramas de los árboles y después barre las hojas del patio.

Uno a uno, los críos se han ido a sus casas envueltos en sus abrigos, agarrándose a ellos. Algunos, cubiertos por completo en la prenda pasada de primos o hermanos mayores, solo asomando sus pies de gamuza agitándose con rapidez, levitando casi de tanta violencia como son empujados por el aire, y otros, amarrándose a las solapas con fuerza, asegurándose los costados con sus dedos llenos de tinta e intentando así estirar el paño que hace mucho se desgastó y quedó pequeño.

El otoño deja paso al invierno y tú no vuelves, y aunque ya sabía cuán largo podía hacerse el correr del tiempo, no deja de sorprenderme cómo se estira, perezoso.

Aquí todo sigue igual, o a mí me lo parece. Cada mañana se sobrepone a la anterior, y después a la siguiente, copias exactas en papel calco; a pesar de ello, mi piel se reseca y envejece prematura, a la par que mi corazón.

Me levanto a la misma hora día tras día, y casi en sigilo, queriendo pasar inadvertida, me voy al colegio si tengo clases; si no, a casa de alguno de los chicos que trabajan y apenas pisan la escuela. Tengo debilidad por los hijos del herrero, todos tan seguidos de edad y casi iguales de físico, de brillantes ojos y pelo bruno como el carbón que se quema en sus fraguas, de poca conversación y gran nobleza. Se lavan y peinan con esmero recibiéndome con sed de conocimientos, en fila, de mayor a menor, e inteligentes y observadores absorben como esponjas cada cosa que les enseño. También ellos han notado que hace mucho que estoy triste, y queriendo ayudarme, me han regalado una herradura de la suerte; dicen que cumplirá mis sueños mientras duermo si la escondo bajo el colchón, y por si acaso, allí la tengo, guardada, confiando mi destino a las supersticiones pues mis rezos no han conseguido nada.

Los domingos, días temibles, almuerzo con mis padres y escucho sus conversaciones sobre caballos o cosechas, algo que me aburre enormemente, pero que prefiero a sus inquisitivas preguntas sobre mi estado de ánimo, y cuando casi parece que hemos acabado sin discusiones, llega mi juicio y la irritación de mi padre, mi silencio y sus amonestaciones, y al final, mis lágrimas, que aumentan sus gritos por mi incomprensible comportamiento.

Yo, resuelta, permanezco en mi postura, a la espera de que se venza y abandone la mesa llamándome malcriada, que me deje con mi remordimiento por hacerle pasar por todo esto, y algo de arrogancia de invencible mujer enamorada.

Por fortuna, a estas alturas, son menos frecuentes estos estallidos, y me han aceptado como se acepta una plaga que irremediable asolara la huerta. Mi madre, aún con frecuencia, intenta sonsacarme antes de acostarnos. Llama a mi puerta y se sienta junto a mí, hablándome de su juventud para que la sienta más cercana supongo, y después comienza con sus abrazos y mimos, que buscan que me desplome y desahogue, y que confieso, a veces me tientan, pero ella, que se casó con mi padre para juntar las mejores tierras de la comarca, es imposible que entienda lo que yo siento a tu lado.

Estoy sola y rodeada de adversarios, esperando tu retorno mientras me consumo en un aula que es cárcel, convento y mausoleo. Abro la ventana con violencia preguntándome dónde está el oxígeno, llena de frustración y rabia, llorando a mi antojo, aquí que puedo, y sin que nadie sospeche mi castigo, arrugo y rompo hojas escritas por mí, arrojo libros de un lado a otro de la estancia, y después, debilitada y sin fuerza alguna, me calmo y recupero la compostura. Es solo entonces, rodeada de un terrible desorden, que una sonrisa me aflora en los labios y disfruto del ciclón que me ama, que yo amo.

*****

Quiero dormirme temprano, pero no consigo pegar ojo pensando en mi aventura y, a las seis y media, cansada de dar vueltas, ya estoy en pie y también Elisa, que se despide de mí y me entrega un sobre para cuando llegue a la cima. Esas son sus palabras. Es la primera vez que ella misma me da una carta en mano, y al guardarla en la mochila, nos miramos sonrientes con complicidad.

A las ocho, según lo planeado, tomo el autobús. Hay bastante gente que va a comprar a la ciudad más cercana, a sus citas médicas en hospitales o a resolver papeleos, y me entero, entrelazando una conversación con otra de las que escucho al azar, que esta ruta solo se hace dos veces por semana en este mes, y tiene dos vueltas diarias, la primera a las doce del mediodía, que es la que espero tomar, y la siguiente a las cinco de la tarde en caso de perderla.

El conductor me indica tras preguntarle que debo bajarme en unos cuarenta minutos más o menos, a la mitad del trayecto, lo que me deja un espacio de casi tres horas y media hasta el mediodía. Confío en que, si una clase de críos subía y bajaba en menos de ese tiempo, yo podré hacerlo.

Cuando el vehículo se aleja y me deja en tierra, no sé si ponerme a reír o emprender la marcha sin más vacilaciones, opto por esto último y reservar mi auge para encarar la ladera.

El paisaje es todo mío, no diviso a nadie en los alrededores. Respiro hondo y camino hacia la colina, que parece estar bastante cerca, pero que es más alta de lo que se imagina desde la distancia, y de inmediato me felicito por haber estado corriendo estos últimos días, pues de otro modo desistiría *ipso facto*.

Comienzo a subir con osadía, pero los tobillos se me tuercen cada poco y antes de la media hora necesito detenerme a beber agua. Son las nueve y diez escasas, pero el calor ya se adivina.

El paraje es seco y pelado, casi sin árboles, pero huele bien, y las lagartijas y saltamontes me observan con cara amigable. Desde donde estoy se ven los cotos colindantes, que por lo que he aprendido estos días parecen ser de cebada, aunque la cosecha ya fue recogida y es difícil tener la certeza.

Hago un cálculo aproximado mirando al reloj y me propongo llegar a la cresta antes de las diez y media, para lo cual no debo detenerme mucho más, así que aprieto las correas de la mochila y continúo el camino.

Es casi una escalada terapéutica. Mi mente está en blanco, preocupada tan solo por colocar los pies en un hueco cierto para evitar posibles resbalones. No me preocupa estar sola, me siento acompañada. No extraño el lugar, lo noto familiar.

Soy respiración y paciencia, energía y control, propósito y significado.

A las diez y cuarto, llego a lo más alto y siento una satisfacción equiparable a la que deben sentir los alpinistas que alcanzan el pico del Everest. Sonrío mientras me seco el sudor de la cara con ambas manos.

La vista es maravillosa. Se ven varios pueblos blancos de cal en la distancia y localizo el mío, o mejor dicho, el que me ha adoptado, que desde aquí se ve aún más pequeño de lo que es.

En los alrededores hay terrenos divididos por muros bajos de piedras que forman cuadriláteros de tonos caprichosos y diferentes entre sí. En algunos hay gente trabajando, recogiendo trigo, centeno o avena, y los tractores se mueven con lentitud y levantan la tierra seca al hacerlo, convirtiéndola en una nube de polvo a su alrededor.

Hay sembrados de vides cuajados de uvas que esperan ser rescatadas de este sol implacable, y los girasoles a su lado colorean el paisaje con su amarillo intenso.

Un rebaño de ovejas pasta entre los olivos. Los animales parecen pompones de algodón sobre la arcilla ocre. Se distinguen también un pastor y un perro caminando; todos ellos desaparecen difuminados entre sus propias pisadas.

Al otro lado de la colina, la que no se ve desde el pueblo, continúa el riachuelo que siembra verde en sus orillas y después se adentra en la más grande de las poblaciones que se divisan, la capital de provincia a la que el autobús se dirigía. Desde esta distancia, no parece una amenaza bulliciosa.

Saco los víveres y, al comer, me empapo de tanta belleza, reservando un poco más la carta que Elisa me ha dado, disfrutando su lectura con anticipación.

Cada uno de mis movimientos es un estruendo, y los pájaros que planean sobre mí graznan y provocan un eco corto que los acompaña por un instante. Los miro surcar el cielo, majestuosos.

Si viera todo esto en una foto, diría que está trucada, que no hay semejante prodigio a tiro de piedra, pero es cierto y yo estoy aquí, aceptándolo meritoria.

Entorno los ojos y dejo que el sol se me pose en el rostro, que marque alguna nueva línea en ese mapa que es la piel, que anote esta experiencia en mi anatomía.

No siento nada. Desde aquel último abrazo tuyo, mi cuerpo no siente más.

Lo veo en los demás, el frío y el calor, las estaciones que pasan. Las parejas besándose sin creer ser observados, el amor en sus ojos, la pasión en sus cuerpos. El llanto de los hombres cuando la cosecha es arrasada por una feroz lluvia o un sol irreverente, el placer en las mujeres que sonríen mientras amamantan a sus retoños, la simple felicidad de los niños compitiendo con sus repiones o saltando a la rayuela.

Veo la picardía en las lavanderas que, temprano, se disputan el mejor enclave en el regajo y que después, en tanto que encallecen sus manos en ropas ya desgastadas, hacen lo propio con sus afiladas lenguas, y junto a ellas, la ilusión en las más jóvenes preparando sus baldes para la enramada de San Juan, colectando las plantas aromáticas y flores que, sumergidas en agua y dejadas a la intemperie en esa noche mágica, se transformarán en poción milagrosa que ensalce la tez e impresione a los mozos.

La vida fluye generosa para los otros, pero me ignora a mí, porque yo, yo no siento nada desde aquel último abrazo.

Este año ni me apetecía subir a la colina, aventura tantas veces ansiada, proyecto anual, e inventé cientos de excusas y disculpas vagas, pero los niños siempre me pueden y no logré anteponer mi voluntad ante tanta pequeña mirada expectante.

Empecé lenta y decaída, al contrario que los críos, que se atropellaron al comienzo con gran ambición, pero, por desgracia, también ellos flaquearon a medio camino y se negaron a proseguir. Los más chiquitos y los más realistas, desde el pie de la montaña, nos animaban con frases de aliento, pero, aun así, las maestras tuvimos que recurrir como método de persuasión al chocolate que habíamos guardado para la cima.

Llegar a la cumbre fue tarea de titanes y, tras el sacrificio, y aun forzando la mirada, no conseguí divisar nada bello desde esa altitud, porque no hay peor cosa que un alma vacía, como lo está la mía.

Me preguntaba de dónde copiaban los críos los dibujos tan bellos de sus cuartillas cuando a mí el calor me incomodaba, la altura me producía vértigo, y las aves me parecían de rapiña. Las huertas se me asemejaban estériles y yermas, el río corto, casi arroyo, y el pueblo, una fortaleza donde yo estuviera presa.

Por otras veces, sabía cuántos tesoros increíbles reposan delante de mis ojos, pero mi intelecto estaba muy lejos de aquí y no los veía, secuestrado entre tus brazos.

¿Cuándo vas a liberarme, a permitirme que contemple de nuevo el prodigio de esta comarca que tanto amo?

De vuelta en clase, mientras los chiquillos acababan de colorear sus dibujos, me entretuve mirando mapas, midiendo distancias y sumando kilómetros. Era un mapa antiguo, con horribles monstruos saliendo de las aguas, pero que no me daban tanto miedo como el espacio que nos separa, la longitud y la latitud distante donde habitamos, que hacen nuestros días y estaciones tan diferentes.

Tú vives bajo un sol casi perpetuo, que a veces la lluvia riega, y yo aquí sufro inviernos helados en los que hay veces que escasea el agua, pero no creo que el trópico haya derretido nuestros recuerdos, me moriría si así lo hiciese. ¿Cómo vas a olvidar que existen inviernos helados después de haberlos vivido a mi lado? ¿Es posible no recordar aquella tarde tras la cerca del colegio?_

Era justo antes de las Navidades, y ese día sí que hacía frío, pero no teníamos prisa por marcharnos a casa, podría haber estado nevando, que no nos hubiese importado. Tus manos calientes frotaban las mías y se me calentaba el cuerpo entero, porque eran tan pocas las veces que las habías tomado antes que aquello parecía pecado, y la clandestinidad añadía el calor que faltaba a nuestro grandioso secreto, nos hacía inmunes a la helada que caía. Era más tarde de las cinco, y las clases habían terminado hasta después de Reyes, y escaparme y encontrarnos iba a ser más difícil o imposible, por eso apurábamos al máximo aquellos gélidos minutos, con frases cortas que templaban el aire y nos envolvían en nuestra propia cortina de humo.

Yo no pensaba en excusas para mi padre, en las mentiras que debería construir más tarde camino a casa; solo veía tus ojos en la noche temprana, y ellos acaparaban mi mente, haciéndola soñar con gozos diferentes, desconocidos hasta entonces, pero ansiados desde ese momento.

Puede que tu piel ahora sea dorada, como al recoger la cosecha del campo y en tus brazos brillaba el sudor de la dura jornada, cuando las mangas de tus camisas dobladas más arriba de los codos atraían como un imán mis miradas, pero, cariño, es imposible que te hayas olvidado de mí en este frío y oscuro invierno, aunque así me lo grite desalmado el aullido del viento.

*****

Releyendo y contemplando el paisaje, se me ha echado la hora encima y, agobiada, recojo las cosas apresurándome a bajar la colina, con algo de temor a caerme o, peor aún, a perder el autobús de regreso. Al alcanzar la carretera, diviso su llegada a lo lejos, y todavía, mientras intento recuperar el resuello, lo observo acercarse, deformado un poco por el calor que despide el asfalto.

*****

Esa noche sueño con una playa grande y solitaria. El agua de distintos azules llega a confundirse con el cielo y describe una curva en la arena que alcanza una gran roca en la distancia.

Hay calma, y el sonido de las olas es agradable e intermitente, me invita a acercarme y dejar mis pies descalzos, confiar mi pequeñez a su escondida garra, y así lo hago sin vacilación.

Paseo despreocupada, sosteniendo mis zapatillas en una mano y, de vez en cuando, miro hacia atrás para ver como mis huellas son borradas por sus vehementes zarpas, como yo construyo un camino y, como en un juego, el agua lo hace desaparecer a mis espaldas, dejándome ilocalizable pero tranquila, sin preocupación alguna, con un afán inédito por mirar hacia adelante y descubrir lo que se esconda tras la roca, aunque la marea suba y el sol se esté ocultando, aunque las conchas quebradas me hieran los pies y las algas me aseguren los tobillos.

Avanzar, incesante avanzar.

PARTE III

Au milieu de l'hiver,
j'ai découvert en moi un invincible été.
Albert Camus

Al levantarme por la mañana, estoy de un humor estupendo. El aire entra en la habitación y se lleva cualquier mal pensamiento.

Todas las cartas que he ido leyendo están juntas en el pequeño cajón de la mesilla, lo abro y lo cierro de nuevo, solo quiero comprobar que están en su sitio y no solo en mi imaginación.

Comienzo mi quehacer con resolución, desayuno poco y salgo a correr de seguido, pero un coche parado frente a la casa me detiene en seco.

Las puertas y ventanas de la vivienda donde se encuentra aparcado están abiertas de par en par, bolsas y maletas inundan la cera estrecha y un hombre con gafas de sol en medio de todas ellas me saluda sonriente; se nota, por su piel pálida, que empieza su descanso. Dos críos salen de la vivienda persiguiéndose, blancuzcos como el padre comparados con mi tez ya curtida, y se pelean por coger la misma cosa. El padre los ignora y la madre les grita desde una ventana.

Por las fechas entiendo que son los primeros veraneantes que llegan y me alejo a paso rápido, iniciando mi ejercicio matutino ya con el corazón acelerado, consciente de que la estancia está llegando a su fin.

Callejeo hasta esquivar la realidad entre las casas, saludando con brevedad a los que encuentro como cada mañana: a la mujer de la panadería, el contador de estrellas y al perro sin amo, y con los ojos vidriosos los abarco de una forma egoísta ahora que todavía son solo míos, en una despedida precipitada, sintiendo como la burbuja estalla y mis pies quedan firmes en el suelo.

Me alejo azarada hacia la pradera amiga, pero hoy no ayuda, la encuentro más seca y árida que otros días, áspera, sin cederme coartada alguna, y entonces corro, corro a ninguna parte, corro simplemente por alejarme del pánico. Tomo oxígeno a bocanadas descontroladas, como pez fuera del agua que se agita con desespero al ser arrojado fuera de su medio, hasta que el cansancio me amansa y regreso a casa cabizbaja.

*****

Elisa ha hecho magdalenas y toda la casa huele a ellas. La cafetera hierve el agua y pongo el mantel sobre la mesa, las tazas y las cucharillas, sin querer alterar la rutina, queriendo ignorar que ya lo ha hecho.

Apago la radio y abro la puerta del patio de par en par para escuchar la mañana, y le digo a Elisa que han llegado veraneantes, pero ella no oye o no me hace caso, y me contesta que estoy radiante, que estos días parece que he sufrido una metamorfosis.

Añado azúcar al café con leche y veo como desaparece por completo en un remolino. «La vida parece tan sencilla aquí», pienso llevándome el desayuno humeante a los labios, cada instante se endulza irremediablemente.

Miro a mi alrededor y me doy cuenta de cuán asombroso es haber encontrado tantas respuestas y valor entre estos muros, qué fortuito pasar a sentirme parte de esta morada que tal vez nunca hubiese visitado si el azar no me hubiese cruzado con Elisa, y entiendo lo difícil que me va a ser salir de aquí, aunque sé que debo hacerlo, que he de afrontar el mundo que ya me pisa los talones.

Las dos estamos muy calladas y de fondo los nuevos vecinos rellenan nuestro silencio con sus tejemanejes de llegada, sin entender la gran incomodidad que traen entre sus bártulos.

Me dices que el municipio entero será un lugar diferente dentro de muy poco, creo que intentando consolarme, pero a pesar de que tu voz es serena, siento la tristeza que escondes tras cada silaba. Aseguras que a partir de hoy los mayores iniciarán su retirada a las calles menos concurridas, cederán sus posiciones en la plaza Mayor a los más jóvenes e incluso el casino aplazará el campeonato de mus hasta octubre para convertirse en local de música urbana. Los pastores dejarán de cruzar con sus ganados al atardecer para que las motos recorran enloquecidas las callejuelas hasta altas horas, y nuevas tiendas se abrirán por doquier para la temporada de verano. El mercadillo no será alto en la semana, un paseo entre vecinos que rompe sus días pausados sino una muchedumbre aglomerada que, al compás de músicas repetitivas de moda, rebuscará entre el nuevo género aquellas cosas imprescindibles para la gente de capital.

«Es la hora del cambio», sentencias, porque también tú sabes que los visitantes de esta mañana han trastornado otra vez nuestras vidas y, por ello, esa misma tarde me entregas un manojo de cartas en mano que me sorprende por su abundancia, pero que agradezco y guardo con un poco de indiferencia, aunque no veo la hora de escaparme a mi cuarto para leerlas.

Un primo segundo de mi padre ha venido hoy a visitarnos. Ha pasado seis años en Cuba, y pese a que ya hace un par de ellos que regresó, siempre acaba contando historias de aquella ínsula. Su visita me llena de alegría, es casi como un regalo, y le oigo con más interés que otras veces, queriéndome acercar a ti con cada sílaba que pronuncia.

Nos cuenta como los hombres, cargados de pretensiones, despiertan a la verdad que encierran sus fantasías nada más arribar a puerto, al mirar las caras demacradas de los que, dormidos junto a las amarras, bebieron sus sueldos en aguardiente de caña, y tras este preámbulo mi rostro se congela y palidece, y mi padre me observa extrañado ante tamaña y desproporcionada agonía.

Prosigue sin piedad hablando del trabajo duro en las plantaciones de azúcar, café y tabaco, de las largas horas de faena empleadas y los cortos descansos para reponerse. De cómo la avaricia de algunos españoles que llegaron hace siglos corta como navaja afilada a muchos recién llegados, amedrentándolos y negándoles la remota posibilidad de aguantar a ese compás, y que entonces los desdichados, queriendo olvidar penas y recuperar confianza, entran en un tornado donde el alcohol los destroza y la vergüenza de volver con las manos vacías los encadena a él.

Explica que Cuba es isla de contrastes incomparables, de antagonismos, de fértiles campos que no paran de florecer, y a la vez de cosechas que se pudren mientras los guajiros se pelean por poseerlas. De hermanos que rivalizan con un simple pestañear de ojos y de enemigos que unen sus fuerzas un día después para luchar en sangrientas batallas. Conquistadores contra indígenas, esclavos contra opresores, hombres libres contra usurpadores, hombres engañados contra tiranos.

Sentencia que la codicia vuelve locos a todos ellos, y que a ninguno parece importarle que las playas sean largas e interminables, de arenas blancas y aguas cristalinas, ni que los frutos sean dulces y abundantes creciendo en tan solo un puñado de tierra para que nadie pase hambre, porque tan solo quieren arrancarle un pedazo al paraíso, y él, por no formar parte de ello, volvió para no ver como entre todos lo despedazaban.

«Es mejor así —murmura al acabar con su tortura—, retornar a la patria con los bolsillos vacíos y la cabeza gacha, pero vivir de modestas memorias y la conciencia limpia».

Cuando su voz perece, tengo que asirme fuerte a la silla para no correr hasta él y pedirle que continúe. Mis latidos son tan fuertes que pienso que pueden oírse en toda la casa, y solo después de un rato consigo despedirme con voz trémula y salir de esa estancia llena de temores.

*****

Ayer fue la cuarta vez que se recogió la uva desde que te fuiste y se celebró la cosecha en la plaza. La banda tocó al anochecer para regocijo de mayores y pequeños, y yo, tras los visillos del cuarto, espiaba el gozo de las gentes y esperaba por ese baile contigo que nunca llega.

El calor era asfixiante, aun a altas horas de la madrugada, pero hoy, que es mi cumpleaños, dicen que todavía será peor.

Desde que se levantaron mi madre y nuestra Tata, se han encerrado en la cocina para preparar comida y dulces, y al asomarme a saludarlas, se han mirado entre ellas y han fruncido los labios, porque mi sonrisa forzada por intentar complacerlas apenas los convence.

Cumplo veintiún abriles, algo muy especial para ellas, para mi padre y, parece ser, el pueblo entero, ya que mi familia ha organizado un gran convite para conmemorarlo, y son muchos los que han accedido a honrarnos con su presencia.

Él, mi padre, es el primero que se ha aproximado a felicitarme, y con voz paciente me ha recordado que ya soy toda una mujer, y sé a lo que se refiere y a quién, y con más intensidad que otras veces te pido que oigas mis llamadas.

Tras él, el resto me rodea con ilusión por recuperarme, abrazándome y queriendo que vuelva aquella pequeña y sensata niña para que se les una en los rituales del día con sinceridad en el corazón.

Los primeros rumores me han llegado por boca de las chiquillas de la calle, que a veces se sientan bajo mi ventana al caer la fresca. Sus claros cuchicheos dicen que has vuelto rico y cargado de obsequios, y no sé lo que me ha dado que me he quedado prendida al suelo como figurín de plomo, sin poder mover un músculo. Cuando reacciono, me digo que tal vez la fiesta tenga sentido y me pongo mi mejor vestido y zapatos favoritos, perfumándome con el agua de colonia que a ti tanto te gusta.

Poco después, bajo las escaleras sintiéndome como una diosa, y mis ojos así deben de reflejarlo, pues los convidados, que ya han llenado sus platos, me miran gratamente asombrados. Me intereso por cada uno de ellos, estoy jovial y dicharachera cuando acepto sus felicitaciones, aunque algunos sé que piensan que de la excentricidad he pasado al desequilibrio.

A las nueve y treinta y tres minutos entras en la sala, y las escenas comienzan a desarrollarse con intermitencia, como si alguien apagase y encendiese la luz dividiendo con brusquedad un acontecimiento del siguiente.

Mis padres te saludan con gran ceremonia y eso me esclarece la duda de que también ellos han oído las buenas nuevas sobre tu fortuna. Cruzamos las miradas. Los asistentes se pelean por su turno de preguntas, y tú contestas a todos con aire de satisfacción. Nos acercamos un poco. Se descorcha el champán y se bebe en abundancia, y la música comienza a tocar de fondo. Bailo sin escucharla, pasando de unos brazos a otros con la sola intención de alcanzar los tuyos.

A las diez y cinco te veo hablar con mi padre, pero esta vez os acercáis a mí y él te entrega mi mano. Es el primer roce de nuestras pieles después de casi mil quinientos días, y nos reímos ensimismados, mientras la gente nos interrumpe con enhorabuenas y más curiosidades, pero según conversas, al mirarte de reojo, embelesada, no reconozco tu mirada, e instintivamente mi brazo se afloja del tuyo, pero tú lo apresas de nuevo con fuerza, despidiéndote de los presentes y arrastrándome casi a la calle, con una seguridad que tampoco conozco, una nueva confianza que no pide ni titubea, que me hace preguntarme afligida quién te robo la ternura.

A solas frente a frente no hablamos, porque, como dos forasteros que rara vez compartieron algo, no sabemos qué decirnos. Tal vez estés preguntándote también lo que ahora sientes por mí y que tengas aún más miedo que ayer, como yo, pero me alborotas el pelo sin darle importancia a esta distancia, y girando en tus talones, desciendes satisfecho la calle.

Mis ojos se quedan clavados en la distancia aun cuando has sido engullido por ella, al igual que tantos sagrados recuerdos como usurpas con tu llegada.

De vuelta a casa, soy abordada por comentarios amigables y una cordialidad inusual de perfectos desconocidos. Es un siglo el que pasa entre la puerta de la calle y la de mi cuarto, mi alcoba amiga, prisión y refugio que me abriga. Bloqueo la entrada con el peso de mi cuerpo, que, como una escollera, quisiera detener un aluvión de penas, pero que revienta y rompe en pedazos todo aquello que hasta hoy había conseguido contener.

*****

Los acontecimientos me arrasan. Hace apenas seis semanas que estás aquí y mañana es nuestra boda, y aunque debería estar feliz, estoy asustada porque me asustas tú, este extranjero en quien te has convertido, pero al que soy incapaz de abandonar. La esperanza no desespera.

Nos encontramos con regularidad en casa de mis padres, donde eres gratamente recibido, y tomamos café en la salita, a solas pero vigilados. Entonces me hablas de tus grandes planes, tus futuros negocios, tus interminables ambiciones, y yo tan solo quisiera que me acariciases las mejillas y me secases el llanto que ni siquiera percibes, porque si lo hicieses, las cosas serían más fáciles; una lágrima te explicaría todo lo que yo no sé cómo.

Mi corazón está encerrado en una caja de caudales, y todo porque mis sentimientos son como un árbol que se ramifica más y más para darte alcance, mientras los tuyos parecen las hojas que se lleva el río, que en silencio flotan hasta desembocar en el mar sin querer incomodar.

Yo no quiero robarte el aire, créeme, mis sueños son los tuyos, pero aunque lo intento, no lo consigo, y me agoto porque tu voz no me llega y humedece un poco tanta sed como tengo de tu cariño.

Esta mañana, mi madre me regaló sus arras de novia para que las lleve y me den suerte, como le dieron a ella, y a su madre, y a su abuela, también me presentó a la muchacha que vendrá a ayudarme en nuestra futura casa. Mi vestido de novia cuelga junto a la ventana de mi amigable resguardo, y la luz pasa a través de sus bordados moteando los muros calizos. Los zapatos y medias reposan en una silla junto a él. Todo está a punto; sin embargo, mi mirada otea la carretera que pasa cerca, provocativa, desafiante, tirando chinas con frecuencia a mis cristales.

Me asomo y parece que te veo entre las sombras, y quién sabe, puede que tal vez seas tú con algo de retraso, que solo una parte de ti llegó y lo que faltaba se haya presentado en navío diferente, pero, cielo, apúrate porque el tiempo se echa encima. Mañana es casi hoy.

*****

Cuando entraste en el cuarto, estaba quitándome la diadema junto al tocador, de espaldas a la puerta. No me atreví a girarme y confrontar tu mirada, te temía como a un pecado.

La tarde había sido húmeda y entre los visillos se colaba el olor a tierra mojada. Ahora, bien entrada la noche, estábamos a solas y mis manos temblaban, pero no las tuyas, que se asieron con fuerza a mis hombros, con una determinación que me heló la médula y de seguido me hirvió la sangre.

Noté como los treinta nacarados botones del vestido que tanto había costado abrochar de mañana se abrían para ti por arte de magia y vi reflectados en el espejo tus dedos maestros destapando mi piel de aquellos encajes y puntillas que yo misma, durante meses y en tu ausencia, había bordado mientras soñaba con tu vuelta.

Desaparecieron entonces las paredes y el suelo, el cuarto por completo, llevándose con él la modestia, y no conseguí reconocer a aquella mujer nueva, de piel más blanca entre tus manos, que te sonreía. Me giraste, y tus dedos aseguraron con firmeza mi nuca, acercándome hacia tu boca, que se deshizo entre la mía, y mi voluntad comenzó a obedecer a tu antojo, dirigiéndose a cada rincón de tu cuerpo sin rechistar.

Aquella inusitada criatura no conocía el pavor, era fuerte y ágil, y su lengua, como una daga sedienta, se afilaba en cada uno de tus contornos dorados. Tus músculos tensos chocaron una y otra vez contra esa pálida silueta, que fue espuma, junco y brasa, que crujía y se retorcía por ti hasta que su sentido estalló y cayó agotada y confundida en la cama deshecha. Entonces, la apoyaste con delicadeza sobre la almohada y saliste del cuarto.

Ese fue el momento más solitario y triste de mi vida.

Volviste no sé cuándo, con una jarra de agua y dos vasos, y te quedaste de pie, desnudo, observándome entretanto bebías a los pies de la cama. Yo también te miraba entre el cabello revuelto, sin decir nada, dejando que mis ojos se deleitaran con tu hermoso cuerpo que el amanecer delineaba. El agua resbaló de entre tus labios, cayendo sobre tu pecho, y la recorrí mientras se vaporizaba en tu piel. Te aproximaste a mí, y con lentitud apretaste con fuerza los tobillos de tu presa, arrastrándola hacia ti, y de nuevo desapareció todo cuanto nos rodeaba y yo dejé de ser una víctima inocente para ser aquella aprendiza ansiosa por saciarme en la fuente de tu sabiduría.

Me llevaste a insólitos lugares, a degustar sabores nuevos y sentir peligrosas emociones, sazonándolo todo con olores dulces, agrios y salados, e ignoro a qué hora te rendiste ante mí, pero yo, incapaz de interpretar tantas nuevas sensaciones, permanecí aún despierta, enamorándome del desconocido en que te habías convertido.

Cuando tarde de mañana nos despertamos, me acercaste a ti con infinita ternura y por un instante vi la tapia del colegio y dos siluetas todavía a medio hacer que, jóvenes y llenos de inocencia, se arrullaban a escondidas con torpeza.

*****

Esta mañana mientras te vestías, te observaba desde la cama, miraba la distancia que nos separaba, escasos metros, y me preguntaba cómo podía sentirme más lejos de ti que cuando estabas al otro lado del océano; pensé en qué razón tienen los que dicen que la distancia no existe, como tampoco lo hace el tiempo, porque es extenso si sufro, y breve al abrazarnos.

Todo eso pasaba por mi mente en tanto acababas de atarte los zapatos, despacio, midiendo una vez más los cordones, sacándole brillo a las punteras y retocándote el bajo del pantalón. Te miraste en el espejo; y después te acercaste a mí para besarme en la frente y te marchaste sin decir hasta cuándo, pareciendo que de nuevo emprendías un viaje sin retorno fijado, y que yo me quedaba en casa esperándote e intentando descifrar nuestro amor.

Querido mío, cada día es una bruma hasta que tus ojos reposan en los míos y tu boca me tienta, solo entonces me sosiego y convenzo de que eres tan ingenuo como yo, y que al daño juntos podemos arrancarle algunas horas.

Todo el desasosiego que me trajiste con tu vuelta se detuvo en picado la otra tarde al advertir una de tus miradas opacas, uno de tus guiños cetrinos, casi imperceptible para el resto, y desde entonces, con desdén, comencé a apilar en una esquina los vestidos y las cajas de lazo de raso que habías traído, pues me pareció que no había nada que poseyese importancia alguna sin tu sonrisa despreocupada.

Tus ojos me mostraron claro lo que tu boca no había sabido articular desde que llegaste, que el duro trabajo y la vida mundana te habían mutilado, y que la mirada forzada ante las miserias había cambiado tu corazón alejándolo del mío. Entendí que no era que no quisieras, sino que no conseguías arrimarte a mí, porque el monstruo que te había devorado te encadenaba, y con infinita tristeza tuve la certeza de que yo no había sido la única que había sufrido en la espera, que tú también habías pasado miedo y dudas, y que cada día te había contaminado con una sabiduría innecesaria e irreversible. Me di cuenta de que tu pobre alma casi había perecido en aquel destierro, y ocurrió que te revelaste en una luz diferente por completo, menos heroico, pero más real, provocando de inmediato que mis amargas suspicacias se convirtieran en aceptación, mis reproches en aflicción e incluso mi deslealtad en remordimiento.

Ahora que no estoy ciega, las cosas van a ser diferentes, porque voy a tomar responsabilidad por tu pérdida, debo hacerlo. Me prometo a mí misma quererte con la paciencia que mereces, porque es verdad que tú y tu silencio siempre fuisteis sinceros, que me amaste entonces y aún lo haces, más que yo a ti al no desperdiciar ni un segundo cuestionándome.

Sé que hay mucho que hacer hasta que podamos confiar el uno en el otro como antes, hasta que logremos pensar juntos y sentir parecido, hasta que nos atrevamos a ser quienes fuimos, pero te prometo que derrumbaremos juntos el espigón que retiene tamaño frenesí.

*****

Cuando duermes, me gusta mirarte, escuchar la noche detrás de nosotros y tu sueño delante del mío.

Me entretengo en mi soledad, adivinando las sombras del techo y los ruidos cercanos que merodean la casa, observando por la ventana a la luna guiñarme un ojo cómplice y, después, enseñarme una terrible mueca que me estremece. Me giro hacia ti, apresurada, y memorizo alarmada tus pliegues, besándote las sienes sin que lo sepas, oliendo tu cuello desnudo, ahora que me atrevo, y detonando nuestros recuerdos, rescatándote intacto de entre ellos, y solo entonces, ignorando oscuras premoniciones y plenamente satisfecha, nuestras siluetas se acoplan como dos versos que riman y me duermo oyendo los gallos.

Cada noche eres quimera anhelada, y cada amanecer te escapas de entre mis dedos aún húmedos que quieren más, egoístas e inconformistas, a los que todo les sabe a poco, injustos y caprichosos que quieren que adivines los versos que se les antoja escuchar de tu boca envenenada por otras bocas.

Pero, cariño, ¿qué puedo hacer yo? El delirio choca con violencia contra el aplomo, tu calma riñe con mi implacable deseo, y lo que yo más quiero es que no te importe más allá de lo que mis brazos puedan abarcar, contaminarte y que pierdas tu brújula, y enajenado permanezcas aquí, así, en mí.

*****

Palpo mi vientre y cavilo cómo hablarte de esta pequeña semilla que germina en mí, de este milagro hecho de nuestros corazones.

Mi cuerpo va modificando sus contornos, redondeándolos para abrazar a nuestro retoño, y me encuentro más bella que nunca al observarme ante el espejo, con un brillo diferente de complacencia.

¿Cómo serán sus trazos?, me pregunto. ¿De quién la boca y de cuál de los dos el temperamento? ¿Querrá un recoveco pequeño por morada o ansiará conocer el ancho mundo? Cuántas incertidumbres e impaciencia por descubrir cada respuesta, qué ganas de todos los días por venir.

Nuestra vida juntos no está siendo cuento de hadas, no se parece a ninguna de aquellos sucesos de la infancia que acababan en sencilla felicidad, sino más bien me recuerdan a un relato bélico que con frecuencia concluyen en capitulación. Por meses hemos batallado el uno por el otro buscando caminos donde converger y vías que emprender juntos, esperando impacientes resoluciones que no llegaban e ideando estrategias que no cuajaron, llorando a escondidas o cara a cara, pero sin conseguir de ningún modo arrastrar al otro por completo hasta su emplazamiento; al final, tú y yo hemos tenido que conformarnos con un pacto aun sin mediar palabra.

En nuestro tratado es ley abrir las manos y cerrar los ojos, liberar al espíritu y contener la desazón, someter el celo y abandonarse. Imperativa la fe, la serenidad y el estoicismo. Prohibido el forcejeo y la súplica, la recriminación o el asedio.

El acuerdo nos concede moderada calma y relativa paz en periodos agitados, pero siento que ninguno quiere claudicar y abandonar esta lucha tan pura y bella, y lo toma como una tregua, hasta recopilar fuerzas de nuevo y volver a su lucha.

Mientras tanto, pronto llegará refuerzo que nos traerá merecido descanso y avenencia. Nuestras manos se encontrarán para alcanzar juntas a nuestra criatura, y su diminuta presencia abarcará nuestra atención, mudando nuestras reyertas, que pasarán a ser otras, nuestro común objetivo su dicha.

Yo no tengo otro deseo más que ese, mi alianza contigo y nuestro hijo en el regazo, pasear con simpleza en las tardes de otoño los tres juntos mientras el viento me enmarañe la melena y tú me beses el rostro.

*****

Querido mío:

Fue mi intención entregarte este puñado de cartas en mano, a tu llegada, ya que en tu ausencia no supe dónde mandártelas, pero cuando retornaste, había demasiado que aprender y hacer juntos, y la ocasión no llegó a presentarse. Después nació nuestra pequeña y las dejé guardadas ante tanto placer, no creyendo que tuviesen importancia ninguna en nuestro presente, esperando tal vez otro momento en el distante futuro para compartirlas; sin embargo, hoy me encuentro reagrupándolas para ti y escribiendo la más difícil y dolorosa de todas ellas.

No quiero que su lectura te apene, que remuevan nuestra historia y te entristezcan, lo que deseo es que te ayuden a alcanzar el punto donde yo he llegado, una cumbre de paz y calma ansiada, donde ya no asusta nada. El sol es tan solo luz, los árboles color, y tú y yo dos gotas de agua que siempre, y donde fuese, iban a acabar juntas.

Todos los misterios que inquietaron mi cabeza, y mi desesperado corazón intentó descifrar, se han resuelto solos, evadiéndose mis cuestiones sobre el amor y su significancia, sobre lo que fuimos o en lo que nos convertimos, y ahora la ventura ha quedado reducida a tu reposo a mi vera y a mi pequeña en apacible sueño entre nuestros cuerpos, no existe otra cosa, no consigo recordar por qué aquel incomodo, esa pérdida de tiempo.

Cuando Nana te las entregue, cumpliendo mis instrucciones, quiero que sean mi modesto tributo a lo que juntos construimos, aunque fuese a trompicones a veces, y pedirte, suplicarte incluso, que no consientas que nada o nadie bloquee la plenitud que tanto mereces. Libérate, amor mío, y deja ir el mal o las dudas, porque solo así se hará justicia a lo que vivimos, y el ayer será bálsamo. Por favor, sobre todo no lo tiñas de remordimiento por no haber sido totalmente mío. No te sorprendas, sé que bebiste del pasado en otras copas, y no quiero que te atormentes creyéndome cándida ignorante, te aseguro que, si bien con dureza, aprendí a aceptarlo y tomé y abusé de tu adoración en justo pago, disfrutando sin modestia de tu fervor y deleitándome en cada uno de los caprichos que me concedías.

Cree, como yo ahora, que la única verdad que existió, que todavía existe, es que el amor habitó y habitará eternamente en nosotros, en ti y en mí, dos jóvenes privilegiados que se creyeron capaces de todo y que agradecen los días compartidos, aun siendo tan escuetos.

Contigo dejo prueba irrefutable de esta pasión, lo más precioso que hemos poseído, nuestro legado divino, nuestra hija, deseando con todas mis fuerzas que ella consiga gozar, por más estaciones que tú y yo, de aquello que nosotros apenas rozamos. Qué gran penar que no haya habido suficientes días para grabar mi olor en su memoria, nuestra pequeña, ahora tuya, como tuyo será el cometido de explicarle cómo me ilumino al abrazarla y agradecerle tanto deleite como nos trajo. En tus manos lo deposito con un tanto de recelo, porque sé cuán difícil para ti es el verbo.

Perdóname, amor, por dejarte tamaña tarea pendiente, pero no puede ser de otro modo, querido, mi increíble maestro; nos dieron un segundo, pero lo hicimos estallar, y aunque hubiera querido más tardes para secar la ansiedad tras la espera y poder caminar de la mano con respiración pausada, más noches por domar y descubrir todos aquellos rincones que nos faltaron, si te soy sincera, tengo que confesar que incluso después de cien años, lo hubiera seguido necesitando. Tiempo, una eternidad de tiempo, que a tu lado siempre habría sido insuficiente.

Os amo y ya nunca nos separarán. Viviré en vosotros y seré lo que vosotros queráis que seamos juntos.

*****

Entro en la sala y me siento despacio en uno de los sofás. Tú estás esperándome, a pesar de ser bien pasada la medianoche y lo inusual de encontrarnos a esa hora, ocurre como algo planeado de antemano.

Hay café y galletas sobre la mesa pequeña, me sirvo una taza y relleno la tuya, que está a medio beber; entonces comienzas a hablar con lentitud, acariciando mi impaciencia.

—Me contó tu padre que al llegar al muelle, tras penoso peregrinaje a pie y carro, ya había hecho varios amigos de viaje: una familia de más al norte con siete hijos peleones que al caer la noche dormían rebujados y abrazados entre mantas grises, dos hermanos hijos de minero que soñaban con otro oficio más gentil y al aire libre, y un inocente perseguido por la justicia cuyo único pecado había sido rondar a la hija de un cura con influencias, y que todos juntos, como un cortejo al que iban uniéndose más y más cuerpos de asentamientos varios, llegaron al puerto de Cádiz como si fuesen un río humano que desembocase en un mar de esperanzas, pero el paisaje con que se toparon fue muy diferente del tantas veces imaginado.

»Era tal la multitud que invadía el malecón que apenas se alcanzaba a ver el agua, y sus alegrías se diluyeron con rapidez entre los infelices durmiendo en las aceras y los perros husmeando destartalados baúles. El embarcadero y sus proximidades estaban asediados de gentío, de niños harapientos cargando más peso que el propio y vendedores ambulantes gritando insaciables, de carretas, con o sin caballos estacionadas sin orden alguno, y de cientos de maletas que aguardaban fila una tras otra, sin poderse adivinar para qué aquella cadena o dónde estaba su final.

»Cuando los pasos de los recién llegados no tenían más hacia donde avanzar, bloqueados por aquella odisea, buscaron un trozo vacío en la calle y descargaron allí sus pertenencias, mirándose los unos a los otros con caras interrogantes. Fue en ese momento que la desconfianza de que podían estar equivocados les asaltó, se dieron cuenta de que era posible que sus metas fracasaran y tuvieran que retornar con las cabezas gachas, menos hatillos y más cansancio, pero acallaron su nerviosismo para no desanimar al resto.

»Entre todos improvisaron un pequeño gueto y con gran camaradería repartieron lo poco que tenían, sin maldecir el calor o el frío nocturno, la suciedad o el olor inmundo, porque, pese a los recelos, aún eran todo risas y canto en la antesala del paraíso.

»Durante días, que se convirtieron en semanas, esperaron pacientes pero intranquilos los salvoconductos del gobierno civil que les permitirían intentarlo, que ya no era conseguirlo, porque sus conversaciones delataban sus temores y habían cambiado un término por otro sin percatarlo siquiera.

»Tu padre casi perdió la cuenta de las noches que dormitó junto a la palmera medio deshojada que los cobijaba. Algunos recibieron sus documentos y, despidiéndose, partieron, llorando por abandonar su patria y aquellos nuevos amigos que tal vez no verían más. Pero él seguía allí sin noticia alguna, acordándose de quien dejó atrás, de su caliente abrazo y suaves labios, que lo atraían y a la vez le daban la fuerza para no desistir y proseguir su espera.

»La mañana que al fin embarcó en un trasatlántico de vapor, ceniciento y deteriorado, lo hizo solo, sin ningún conocido, y le temblaba el cuerpo. Mientras ascendía por la rampa atisbaba aún tierra firme por la comisura de los ojos y tenía que forzar la mirada al frente para no correr contra el fluir de cuerpos entre los cuales el suyo avanzaba. La sangre bombeándole en las sienes.

»A la entrada del navío, la multitud que viajaba en clase ordinaria como él fue separada por géneros y dirigida hacia diferentes compartimentos, hombres con hombres y mujeres con niños, ni tan siquiera dejaban a las familias permanecer juntas, eran divididas sin contemplación alguna, entre estupor y pavor, confusión y humilde silencio.

»Él mantenía los labios prietos, sin querer escupir su indignación por terror a ser expulsado del barco y se adentró, apresado, en la estancia masculina; depositó sus pocas posesiones en una de las literas plomizas, pero de inmediato, sin importarle lo que pudiese ser de ellas, salió de nuevo a respirar un poco de aire fresco, a quitarse de encima esa sensación de claustrofobia que le embargaba y le acompañaría por lo que quedaba de la travesía.

»Los primeros días, tras zarpar, la mayoría del pasaje permaneció manso, casi sin moverse de su lugar asignado o escogido, pero poco a poco, algunas personas comenzaron a entablar conversación con otras, las más cercanas, y al sentirlas tan próximas a ellos, con idénticos afanes e inseguridades, se relajaron y ampliaron el círculo, descargando sus miedos entre los demás tripulantes.

»Desde temprano y en grupos, subían y abarrotaban la cubierta, compartiendo el espacio con el ganado que el bajel transportaba, la poca comida y escasa bebida, pero tu padre, que se demoraba más que otros en integrarse, observaba solitario desde un rincón, taciturno y pensativo, sintiéndose como en un arca de Noé, refugiado en un océano infinito que parecía no acabaría jamás. Contaba los minutos haciéndolos más largos, exaltado e intolerante con el resto de los pasajeros, y en especial malhumorado con los pequeños y sus travesuras, pero al atardecer, menos inquieto y más conformado, se acercaba y jugaba a la baraja con otros hombres, escuchando sus pasados y propósitos mientras las mujeres despiojaban a los niños.

»A apenas tres semanas del comienzo del éxodo, una epidemia se extendió entre los viajeros como pólvora, y muchos cayeron gravemente enfermos, entre ellos tu padre, con una fiebre alta que le provocaba pesadillas y le hacía hablar y hasta gritar en sueños, pero, por fortuna, quiso el destino que en ese trayecto viajase un médico contratado por la compañía, algo poco frecuente, y aunque fueron varios los que detuvieron su lance en seco, él y la mayoría prosiguieron sin ellos, apiñados en sus camastros sin atreverse a aprovechar el hueco dejado por los ausentes.

»Impasible y ajeno a todo ello, el vapor de las chimeneas se estiraba hacia aquel país que había quedado lejos pero no olvidado, sino todo lo contrario, cada vez se hacía más querido y entrañable.

»Después de cincuenta y cuatro días arribaron a territorio cubano y aquello les pareció increíble hazaña, lo más grande que harían nunca en la vida. No podían creerse que sus pisadas fueran firmes, aun cuando no sabían muy bien hacia dónde encaminarlas, y tras superar su aturdimiento inicial, los emigrantes, como desde entonces se los reconocería, fueron desgranándose y desapareciendo entre las estrechas calles de coloridos edificios.

»Él se quedó sentado por un rato en el rompeolas, observando cuanto le rodeaba y recolectando sus planes e ideas un tanto maltrechas tras el largo recorrido, despertando por completo y tomando un respiro antes de adentrarse en la urbe. Sabía que una vez dentro comenzaría su verdadero reto, que lo que había pasado, a pesar de su dureza, era el puente apenas, la transición entre lo aún conocido y lo nuevo, y que ahora dependía de él y solo de él comenzar desde cero a labrarse un futuro junto a la mujer que amaba.

»Lo primero que le llamó la atención al mirar a su alrededor fue la diferencia de tono entre las pieles de los trabajadores que descargaban las mercancías traídas de España. Nunca antes había visto unos semblantes tan oscuros como aquellos, solo se le parecían los muy curtidos por el sol intenso del verano de los agricultores de su pueblo, pero no se equiparaban a estas que ahora descubría. Tampoco le eran familiares los cabellos enrollados de esa manera ni los dientes tan sanos y brillantes; sin embargo, la pobreza de los niños que merodeaban entre las amarras de los barcos no le resultó ajena, pies descalzos y encallecidos, ropas ajadas e improvisadas, críos desatendidos por falta de una madre o de interés. Las caras podían ser diferentes, pero las circunstancias eran idénticas, lo que le descorazonó un poco. Recogió del suelo sus escasas posesiones y, eligiendo una calle al azar con la mirada, se dirigió hacia ella.

Elisa se detiene y me ofrece ahora un café a mí, pero yo no quiero que pare, no puedo contener mi ansiedad por oírla y recibir algo que ha estado guardado demasiados años para mí, y le pido que siga casi en una súplica, que no se detenga.

—El primer trabajo que encontró, después de preguntar varias jornadas de puerta en puerta, fue en una bodega, una tienda que vendía un poco de todo, desde ron hasta pastillas de regaliz para la tos y la indigestión, que él ayudaría a administrar. Los padres del dueño, un cubano-gallego bien avenido, habían llegado a la isla de muchachos, cuando todavía España tenía soberanía en ella, y trabajando duro habían conseguido juntar una considerable suma de dinero, cantidad que el hijo se encargó de desperdiciar casi al completo al poco de pasar a sus manos, pero gracias a su boda forzada, que le haría padre cinco meses después, se salvó de la miseria, pues su flamante esposa resultó ser una fantástica administradora de los bienes restantes y consiguió estirarlos y montar el negocio que regentaban con bastante éxito.

»Elvira, que así se llamaba la mujer, era una rolliza risueña, también descendiente de españoles, que no se fiaba de su marido ni en finanzas ni en compañías, y se pasaba el día espiándole sin éxito, pues vivía rodeada de sus retoños, que no le dejaban mucho tiempo para ello, niños que tal vez fueron engendrados con ese fin. Nicolás, el marido y patrón, vestía de blanco impecable y sombrero a juego, pulcro en su porte, que completaba con un simpático bigote rizado en las puntas muy a la moda de esos días. Inquieto e importante, miraba de continuo al reloj que colgaba de uno de sus bolsillos, mostrándose eficiente y atareado mientras su esposa estaba de visita con su prole, hasta que estos desaparecían y, acto seguido, él hacía lo propio en dirección opuesta a ellos, dejando la bodega en las manos inexpertas de tu padre sin pensarlo dos veces.

»Después de unos días de observar e intentar descifrar a la pareja, descubrió que su jefe se privaba no solamente por las peleas de gallos, sino por alguna que otra mulata con la que gastaba buena parte de sus ingresos, y que su esposa, a pesar del empeño que en apariencia ponía en no permitírselo, hacía la vista gorda a menudo.

»Pero pese a sus peculiaridades, el matrimonio era buena gente y confió en su honestidad desde el comienzo, incluyéndole en la familia y legándole un cuarto al fondo de la tienda donde instalarse, sin cocina, pero al menos con una pila para asearse, todo un lujo entre la clase a la que él pertenecía.

»Poco a poco, se fue familiarizando con la ínsula y sus gentes, las nuevas prácticas en el trabajo y las preferencias de los clientes más asiduos y dejó de percibir la mezcla de razas sin importarle si sus vecinos eran blancos, mulatos, negros o chinos, ni qué religión o ritos practicaban; se maravillaba a partes iguales con todos ellos, sin haber imaginado antes la existencia de tantas y diferentes culturas y ceremonias.

»Desde una distancia prudente observaba a los santeros, que llegados como esclavos desde África danzaban amparados en la noche y se comunicaban con sus orishas al son de tambores, sacrificando animales para renovar energías y aplacar desgracias y cautivando a los curiosos con su secretismo.

»Visitaba el barrio chino e intentaba implantar en él mismo alguna de aquellas nuevas filosofías que tan sabias parecían y prometían tanta fortaleza de espíritu, aunque apenas evitaban un puñado de suicidios entre las decenas que habían llegado a ese gueto con contratos engañosos y peores condiciones labores que las de los esclavos.

»Se habituó a la lluvia torrencial, que empezaba y acababa sin vérsela casi venir, pero que era posible oler en el ambiente, al calor constante y la humedad, al arroz con frijoles negros y plátano frito prácticamente a diario, a los dulces de coco y maní tostado en ocasiones. Se acostumbró incluso a encontrarse con cocodrilos en sus paseos por el río, y a reconocer las decenas de mariposas diferentes que revoloteaban por sus orillas, pero jamás, durante ningún momento de este aprendizaje, dejó de un lado a tu madre, y cada mañana le brindaba su primer pensamiento y el último al final de la jornada, antes de caer rendido en su camastro de la trastienda. La imaginaba en sus quehaceres diarios, con su apocada sonrisa y sus ojos verdosos fijos en él, y no dejaba de agradecer que una mujer tan hermosa y de buena cuna se hubiese fijado en su persona cuando solo podía ofrecerle promesas. Cómo le había costado tenerla cerca y controlar su cuerpo sin traicionar sus nobles sentimientos, no correr y abrazarla cada vez que asomaba su recia figura tras una esquina, ni tomarla en sus brazos y llevársela para liberar su parte animal y amarla una vez tras otra hasta la eternidad, pero ahora era tarde para ello y temía que no fuese todo más que una invención suya y con fuerza se agarraba a la almohada y lloraba como un niño asustado.

Comienza a clarearse la sala, pero no nos movemos ni Elisa para en su relato. Sus recuerdos fluyen con facilidad y no le traicionan ni una sola vez, no se para a corregirlos o duda en lo que cuenta, tal vez porque haya ensayado muchas veces esta historia repitiéndosela noche tras noche para no olvidarse nada, puliéndola y protegiéndola para mí y que ahora le sea fácil traducirla en un tintineo de palabras que cae como un maná fino y escarchado.

Siento que a la vez que yo recibo, ella se redime, y que mi cuerpo ya no está tenso ni a la defensiva, ni el suyo reposa en el borde de la silla como cuando comenzó a hablarme; ahora, ambas nos hemos acercado y nuestras manos están sujetas, entrelazadas.

—Un día, el patrón apareció en la bodega con un coche, que según dijo había comprado para llevar a la familia de paseo, se armó todo un revuelo entre el enjambre de chavales y la reina madre, que tardó poco en planear su primera *promenade* en el auto. Ya se figuraba ella con su última pamela bien ajustada y sus pollitos todos en bordados y brocados a su lado, mientras algunos visillos del vecindario se mecían y entreabrían con disimulo a su paso, pero a la par que ella iba revelando sus planes y su pecho se ampliaba y elevaba, su buen marido palidecía y notaba como el cuello de la camisa le apretaba el pescuezo y el sudor le corría por la frente como nunca con anterioridad.

»Cuando su esposa salió de la estancia a procurar modelo en su guardarropa, y aquel martirio acabó, quedando los dos hombres a solas, Nicolás confesó a tu padre que lo había ganado en una apuesta, y que en realidad le fastidiaba tener que aprender a conducir, y mucho más sentirse en la encerrona de sacar a su familia los domingos de excursión, a lo que él, bastante vivo, se ofreció de inmediato a quitarle algo de esa carga siempre que estuviese indispuesto, le dijo haciéndole un guiño, recalcando estos últimos vocablos en un tono cómplice. Así fue como, gracias al azar, ambos varones aprendieron juntos a conducir, y lo que a uno le importunaba por todos los pasajeros que se le agregaban cada vez que se sentaba al volante, al otro le embargaba un gran sentimiento de liberación, inmenso orgullo por un logro conseguido. Se veía ascendiendo en su conquista, la meta un poco más cerca, el premio casi en sus manos. El coche, un descapotable de grandes faros, no superaba los quince kilómetros por hora y producía tal humareda en sus desplazamientos que nublaba el claro día, pero no era motivo de enojo, en absoluto, sino la parafernalia que venía unida a la medalla de prosperidad que poseer uno de los pocos vehículos de la isla atribuía, y el que fueran adelantados por los coches de caballos en sus salidas era pormenor sin importancia o relevancia alguna.

»Pasados unos meses, su nuevo talento rindió fruto, ya que un amigo de jarana de Nicolás ofreció a tu padre un trabajo de chófer personal con una ostensible mejora de sueldo, y a pesar de cuanto apego había crecido en él por la familia, no dejó que eso le apartara de la verdadera razón por la que había llegado a Cuba: hacer dinero y volver a su pueblo, a su amada, y aceptó la oferta de inmediato.

»Se despidió de sus primeros patronos con gran penar, prometiéndoles visitas regulares, y sin demora cambió la ciudad por una hacienda en medio del pasto, lugar donde vivía su nuevo jefe, Mr. Holmes, un americano que había sido destinado a Cuba para supervisar la construcción del ferrocarril y otros «intereses» de su país. Señor Míster, como el servicio le llamaba, convivía con su consorte, una compatriota que se protegía del sol con una insistencia admirable y un séquito de criados que, como en un cortejo, la seguían con sombrillas y oído afinado a cualquiera de sus caprichos, ahora una mosquitera, ahora su abanico de plumas, ahora un cubalibre, cóctel muy en alza por esos días y a los que con gran ironía era muy aficionada, ya que, según ella, hacían la soledad del exilio menos dolorosa. Desterrada y apartada del progreso, como protestaba, salía poco de la casa y era tomada por una loca excéntrica con su pelo corto y acaracolados en la frente, sus vestidos plisados de cintura baja y telas vaporosas llenas de pedrería, sus brazaletes y collares de cuentas brillantes y, peor que todo ello, su falta de corsé, lo que la convertía en un ser diferente, no de otro país, sino más bien de otra galaxia. Algunas noches, quebraba su clausura invitando a sus amigas americanas y bebían y bailaban al ritmo de charlestón de una gramola negra, se cambiaban revistan y discos traídos de metrópolis «civilizadas» como París y fumaban sin parar en boquilla larga, sorbiendo de sus petacas escondidas o esnifando abiertamente cocaína sobre los aparadores de mármol, pero la mayoría de las tardes eran de *glamour* aislado y censurado, de insomnio, que solo el alcohol remediaba, o cólera embriagada, que la hacía conducir con rabia y sin prudencia hasta que alguna acequia la detenía en seco; entonces, tu padre, que estaba encargado de vigilar sus escapadas, acudía a rescatarla, y ella le abrazaba con llanto y desesperación, hablándole en su lengua extranjera, que él no entendía textualmente, pero que comprendía a la perfección, porque el idioma no es tan importante a veces.

»Su marido, por otra parte, se había adaptado con gran rapidez a las costumbres, que según sus colegas era la norma de los hacendados. Era toda una eminencia en los mejores bares y casinos, y en los prostíbulos de más selecta clientela; su generosidad le predecía. Las mujeres más codiciadas y las más jóvenes le eran reservadas, y él, sin reparo alguno, se beneficiaba de este trato. Fueron muchas las noches que mientras su amo alimentaba su fama, él esperaba en la calle, junto a los demás chóferes de coches combustibles o de herraduras, echando una cabezadita en el asiento trasero del auto, un brillante Ford importado desde el norte del continente, mucho más sofisticado que aquel con el que aprendió a conducir. Con frecuencia, algunas de las trabajadoras del local salían a tomar un descanso en sus actuaciones, a desenmascararse y ser ellas mismas, a lamentarse o conjurar un mal arreglo, a hablar de miserias y sueños inalcanzables, y fue así como él las conoció a todas ellas, que, sintiéndose a salvo en su compañía, se le presentaron por sus verdaderos nombres, nombres familiares poco exóticos, de amigas cercanas o madres de familia con varios hijos por sustentar. Con picardía le acortaban las noches compartiendo el aguardiente que sacaban camuflado entre los volantes de sus enaguas, prometiéndole un pedazo de cielo por un beso sincero, y él se reía y sonrojaba en su simpleza, pero como el agua que, persistente, pasa sobre la misma piedra día tras día hasta llenarla de musgo y hacerla resbaladiza, una noche de solsticio, embriagado de guarapo, lima y ron, cayó presa de sus instintos y desde ahí no hubo marcha atrás.

»Sus deseos inalterables seguían siendo para la misma persona que antes, pero su carne pasó a saciarse en otras, que como la suya necesitaban de calor humano, cariño y aliento para continuar. Un pequeño alivio en su destierro, como él lo justificaba cuando las entrañas se le encendían, pero al despertar del sol su cabeza dolía y su conciencia le torturaba. Juraba y perjuraba total fidelidad en cuerpo y alma la siguiente noche, asqueado por sus acciones, pero no obstante la luna otra vez le convencía de que era apenas un símbolo de hermandad entre todos ellos, un gesto inofensivo para los que vivían un paréntesis en sus destinos, un inciso en sus existencias que seguro iban a cambiar muy pronto. Entró así en un torbellino de licor y mala vida donde su poder se diluía en la lujuria, y emborrachando toda vergüenza se abandonaba a cualquier caricia. Los límites se evaporaron entre los efluvios del alcohol, y el burdel dejó de ser su única área de acción para extenderlo hasta lo cotidiano: la panadera que traía todos los días el pan fresco hasta la casa y que suspiraba por él, las aprendizas del taller de costura, que tomaban medidas para los nuevos uniformes del servicio y hacían excelente dúo, las criadas en la casa, que acabaron peleando entre ellas y siendo despedidas, la sombrerera que visitaba a la señora e incluso ella misma, que por fin dejó de sufrir su estancia en la isla y pasó a apreciar sus colores y maravillas.

»El tiempo se aceleró, las semanas pasaban a cámara rápida y anulaban los placeres básicos, una comida reposada entre amigos, un caminar lento junto al mar o una visita a quien le tendió una mano; todo fue sustituido por una única obsesión. Resumió y esclavizó su supervivencia a un solo acto, y lo único que le salvó de perderse en su adicción fueron las promesas que había hecho a tu madre. Eran lo que aún le vinculaba al joven que llegó a La Habana y que, lleno de optimismo, se paseó por el malecón el primer día y bordeó su amable curva desde la parte vieja hasta la más nueva de la ciudad, admirando su arquitectura y escuchando a los pescadores que en las orillas del mar derrochaban la tarde. Fue solo por ella por lo que no se descarrió, la razón por la que no se malogró por entero, por el recuerdo impoluto de aquella mujer frágil que, sin embargo, había sembrado en su corazón una semilla con gran fuerza y que, aun en semejantes circunstancias, lo atraía con la fuerza de un imán.

»A trancas y barrancas, sobrio a menudo y embriagado con frecuencia, consiguió guardar el dinero hasta juntar todo aquello que se había propuesto, ni un peso menos, y salió de La Habana cuando el capitolio estaba ya siendo coronado, con la cabeza muy alta y la certeza de que lo que restaba sería sencillo, que era posible elegir su equipaje cargando las ganancias y olvidar lo indecoroso.

»Su viaje esta segunda vez fue muy diferente, navegó cuajado de esperanzas y despreocupación, deseando más que nada poder saborear con calma y sin amargura el amor recopilado por aquella mujer que le esperaba al otro lado y que él había deseado por tantos días, pero nada más verla entendió con horrible decepción que si bien su añoranza le había mantenido la cordura, ahora que la tenía frente a frente no podía acercarse a ella por completo.

»Existen experiencias que se cuelan sin darnos cuenta entre los pliegues de cualquier bagaje, que se añaden a nuestro carácter e impregnan nuestro temperamento, nos persiguen al fin el mundo, y al volver tu padre de Cuba, pudo comprobarlo en primera persona, pues su pueblo, refugio incontable veces soñado, se convirtió en un campo de batalla contra todas ellas.

»Al verse reflejado en los ojos de su amada se vio diferente, cambiado, distinto de quien salió de casa un día humilde con el simple propósito de lograr un futuro, adulto y taciturno, incrédulo y distante, y se avergonzó de la persona en la que se había convertido. En los días venideros, e incapaz de cambiar su ánimo, rehuyó su compañía de una manera injusta e hiriente para ella, parapetándose en frialdad y sonrisas indiferentes que pretendían ocultar su asustado corazón. Cuanto más forcejeaba con prisa por verse libre del pasado, más intenso sentía su acoso estrujándole desde el interior de las entrañas, arrinconándole en aquel agujero demasiado pequeño para acomodar los nuevos usos que le habían acompañado contra su voluntad, y tropezando con ellos a la vuelta de cada labor, incómodos y atosigantes, importunando su felicidad, pensamientos sucios que apestaban a su alrededor. Intentó acallarlos entre un corto noviazgo y una boda precipitada, y después camuflarlos ante su próxima paternidad, pero no conseguía disfrutar apacible de todo cuanto poseía y, en silencio, sufría su castigo, determinado a no infectarle a ella con la dolencia, volviendo el rostro a las miradas sostenidas de largas y rizadas pestañas que casi le hacían claudicar y haciendo oídos sordos a las súplicas que no podían contra su hermetismo. Cargaba sus demonios sin compartirlos para no romperle el sueño a esa mujer que veneraba y, por qué no decirlo, tal vez acaso con un mínimo de ilusión por volver a creer y sentir él mismo ese amor inocente. En su tenso cuerpo se alojó un miedo profano e insoportable, el temor de que la falta de sinceridad los separaría para siempre, y lloraba abatido al convencerse de que todo había sido en vano y no sería capaz de desengancharse de sus flaquezas, pero una tarde, por casualidad, cambió su suerte.

»Tú habías nacido unas semanas antes con anticipación, fuera del pueblo, cuando tus padres habían ido a una boda a otra provincia, y tu padre había ido a registrarte a la capital, provocando con este giro en su rutina el desencadenamiento de toda esta gran intriga que acaba entre nosotras.

»Le reconocí entre la multitud de inmediato, apuesto y sonriente, precedido por su altivez en pecho erguido y andar conciso, y mi mirada lo aisló del resto de la calle y me ruborizó el rostro, dejándome clavada al suelo sin saber si acudir a él o esconderme entre el tumulto. A tan solo unos pasos de mí se encontraba mi gran amigo de infancia, confidente de un millar de secretos y anhelos y poseedor de mi probable primer y único beso honesto. ¿Pero qué recordaría él de mí? O peor: ¿qué sabría de mí ahora?

»Habíamos nacido ambos en la misma calle, en la parte más carente del pueblo, y aunque muy temprano yo me había marchado de allí, guardaba en la memoria nuestros días de amistad íntegra. Mi infancia no había sido fácil, pues quedé huérfana de padre y madre casi de manera simultánea, y no tenía a nadie más que pudiera encargarse de mí.

La casa donde me había criado no era de mis padres tampoco, sino arrendada y, al perecer ambos, quedé sola y en la calle sin contemplación alguna. Nuestros vecinos intentaron ayudarme al comienzo, era buena gente, pero se hallaban en penosas circunstancias económicas, la mayoría con demasiados hijos por alimentar, lo que no les permitía mantener a alguien más, pero, aun así, durante algunas semanas viví de prestado en sus casas, durmiendo malamente en cualquier recodo y aceptando su compasión, pero sabía que no debía agregar más dificultad a sus desdichas y que lo único que me quedaba era irme a la ciudad e intentar buscar un sustento allí. Así que me marché sin mirar atrás, casi sin despedirme, llena de aspiraciones, pero llegué demasiado pronto para conseguirlas. Aún nadie me había enseñado a valorarme y luchar con fuerza, a decir no con convicción, y una tarde en que el hambre apretaba, rebuscando comida junto a un mercado, un caballero se me acercó y me ofreció dinero a cambio de mi niñez, y acepté ese camino, el más corto y también el más dañino. No pasó mucho para que un conocido me descubriese detrás del maquillaje y supe que su voz llegaría al pueblo tan rápido como la pólvora inflamada, que no podía volver más allí si no deseaba que me destrozasen con sus murmuraciones, así que perdí toda esperanza en recuperarme y me abandoné a esa nueva identidad.

»El día que casi me choqué con tu padre, mientras vacilaba sobre qué hacer, él me descubrió, y al igual que yo se detuvo dubitativo, tal vez sin saber si yo podría leer en sus ojos los enigmas de su cabeza, pero reaccionando rápido, me precedió cortando el hielo con una sonrisa. Se acercó a mí y comenzó a hablarme e interesarse por mi existencia, a pesar de que seguro ya la conocía por boca de otros, y la sinceridad en su voz y su afecto me pilló completamente por sorpresa, pues yo ya había perdido todo hábito de sentir el contacto humano desinteresado. Él no se había cruzado de acera para enviarme un mensaje claro de su postura, como algunos antiguos vecinos que ya había encontrado antes, ni había bajado los ojos al dirigirse a mí; lo que hizo, mirándome fijamente, fue pedirme perdón por asaltarme de esa manera tan brusca e invitarme a tomar un café para charlar con más calma.

»Durante la tarde, sentados al fondo de un bar, hablamos de todo aquello que el tiempo nos permitió. Primero, de nuestros sitios favoritos en las ciudades que nos habían acogido, de las nuevas amistades que habíamos hecho, las costumbres tan diferentes con las del lugar que nos vio crecer y, después, de la dureza en el recorrido, la soledad y los remordimientos. Ambos abrimos un dique que, a punto de estallar, desbordó secretos a los pies del otro deseando que no fuesen pateados, rechazados, ni tan siquiera juzgados, sino recogidos y aceptados, pidiendo demasiado, incluso perdonados. Fue confesión y absolución que nos mitigó un poco la culpa y la desolación, y el bienestar en desahogarnos, junto a la comprensión tan ansiada, creó una fraternidad entre nosotros instantánea; al separarnos, ya nos había convertido en indispensables el uno para el otro.

»Caímos así en una dependencia mutua donde verter nuestro lado oscuro con el simple propósito de conseguir encarar los días restantes, y aunque ambos supimos que estábamos retomando una amistad vital para continuar, también intuimos que debía ser protegida con sumo celo. Comprendimos que era necesario callar, encubrir y mentir por ella, ya que no sería aprobada por nadie, pero a pesar de ello, no hubo duda en nuestra mente de que el precio fuese demasiado alto por un existir más llevadero.

»Continuamos por separado nuestros caminos, sobreviviendo de una manera más fácil y soportable, mi sonrisa menos falsa, porque tenía alguien por quien sonreír, y él con menos carga sobre sus hombros porque yo acarreaba algo de ella, pero, pese a permanecer independientes, jamás dejamos de vernos. Sin fechas fijadas o citas convenidas, me buscaba y yo le esperaba, ese era nuestro único trato, pero reconozco que si después de un par de semanas no había llamado a mi puerta, le aguardaba acongojada, deseosa de recoger las migas que caían de aquella pasión que vivía junto a tu madre y que compartía conmigo.

»Cuando le veía, me contaba lo bien que ella olía al dormir y cómo se recogía el cabello de una manera simple descubriendo un cuello perfecto, de sus movimientos casi felinos y de su cautivadora voz, y mientras lo hacía, sus ojos se iluminaban y su rostro radiaba dicha, pero después, al explicarme cuánto deseaba entregarse por completo para alcanzarla y cómo fracasaba una vez tras otra, se hundía en su aflicción y entre mis brazos. Entonces, yo le acariciaba y agarraba lo que a ellos les sobraba, alimentando mis esperanzas de que existía un mundo mejor, una persona entre la multitud capaz de adorarme de ese modo, verme de esa manera casi divina.

»Otras veces llegaba bebido, suplicando un perdón que yo sabía que no era mío, pero, aun así, le aceptaba y se lo daba para que descansara en mi regazo, consciente de que no era a mí a quien amaba, y que era ilícito lo que hacíamos, pero sin dejar de sentirme honrada de cobijarle. Me convertí para él en aquello que no hubiese consentido que tu madre fuese, su confidente, la que ya contaminada podía soportar un poco más y entenderle, y él para mí representaba la bendición de la ternura, el reconstituyente de una compañía y el sueño del amor.

»Nos pareció imposible poder sobrevivir el uno sin el otro, y que eso sería bastante para evadirnos con nuestra debilidad, pero la vida no entiende de consuelos y nos arrancó el nuestro para demostrarnos que estábamos equivocados. Al morir tu madre, tu padre vino a refugiarse una vez más en mí como tantas otras. Nunca he conocido a alguien que sufriera tanto en su hermetismo, atrapado en él mismo sin saber cómo articular su suplicio, sus puños apretados reteniendo la poca fuerza que le restaba. Yo le atendí lo mejor que pude, asegurándole que nadie la hubiera amado más que él, que ella había sido feliz con su amor y que, aunque ahora pareciese increíble, era posible continuar, que aún había mucho que andar. Intenté, obcecada, reanimar su espíritu, hacerle reaccionar y sacarle del talud donde habitaba y la luz no llegaba, exhumarlo para que su rostro se colorease, pero todo esfuerzo mío fue inútil, no pude atenuar su tormento.

»Aterrorizada y egoísta, temí su abandono, que no volviera a mí, presentí con pánico tener que enfrentar el futuro nuevamente sin él, e hipócrita le prometí un futuro sin su amada, cuando yo tampoco conseguía divisarlo sin él. Qué impotencia sentí al no poder aminorar su amargura. Me volví loca intentando hacerlo, indignada conmigo misma al no lograrlo. No era capaz de alegrar a un amigo, a un amor. No había peor fracaso.

»En su última visita, apenas permaneció a mi lado. Había encontrado las cartas de tu madre en una de esas delicadas cajas que él le había regalado, y su corazón se había roto por completo, se había hecho jirones que ni yo ni nadie podría remendar, lo supe de inmediato. Solo había venido a dármelas a mí, junto con una foto tuya, y aun sin decir palabra, entendí que me pedía que las guardara y te las hiciese llegar algún día porque él no conseguiría hacerlo. Era un adiós definitivo y me suplicaba en silencio que lo hiciese yo; tras abrazarnos con una intensidad desesperada, se apartó de mí de una manera brusca y desapareció en la noche.

»Una de las chicas que vivía cerca de mí y conocía bien el pueblo y sus rumores me contó que en los siguientes meses dejó de comer y que los pocos parientes que teníais —tus abuelos maternos, muy mayores para entonces, y una tía lejana deseosa de zanjar cuanto antes «el asunto», como lo llamó— decidieron llevarlo a un sanatorio mental de Madrid, donde se desconectó totalmente. Solo una vez fui a visitarle. Sus ojos vidriosos miraban fijos a la pared sin decir nada, y yo, que tantas veces le había guarecido e intentado descifrarle, tuve la certeza de que debía respetar su decisión y no humillarle, que su orgullo aún intacto me lo rogaba. No he vuelto a tener que tomar ninguna otra resolución tan dura como aquella, dar la espalda al único hombre que había amado, marcharme tragando mis lágrimas.

»De ti me dijeron que habían resuelto internarte en un colegio, tras convencer de ello a tus abuelos, porque eso era lo mejor para tu formación, y no estar rodeada de tanta pena que no te haría ningún bien, y ellos, que no tenían ni edad ni disposición para encargarse de ti, accedieron. Yo estaba determinada a verte antes de tu partida y me atreví a acercarme al pueblo para hacerlo. Quería explicarte que algunos de los cientos de pedazos en que tu universo había estallado los poseía yo, en una bombonera de lazo cobalto, pero me fue imposible conseguirlo porque, siendo de dominio público en el pueblo quién era yo y en quién me había convertido, en tu casa me dieron con la puerta en las narices.

»Algún tiempo tras tu marcha, murió tu padre y después tus abuelos, y vuestro bendito hogar quedó cerrado a cal y canto, vuestros días dejaron de pertenecer a los nuestros. Los míos, sin sentido, una vez más destrozada al perder lo único que me importaba en este mundo, a la persona que tanto me había dado con su franqueza, al amigo que me había hecho sentirme estimada e importante y me había devuelto la fe en el ser humano. Me sentí herida casi de muerte por el pistoletazo que anunciaba otra fase por confrontar. Empaqueté mis pocas cosas y me trasladé a otra ciudad donde no conocía a nadie y nadie me conocía, con la determinación de construir un futuro diferente ahora que había aprendido junto a él que era posible, y con la responsabilidad añadida de no defraudar a una pequeña a la que apenas conocía. Comencé a servir en una casa con la fuerza de aquella idea como eje de mis actos y de mi salvación, y algunos años más tarde, con un aspecto muy diferente al que tenía al marcharme, volví a preguntar por vosotros y vuestra casa. Los vecinos me contaron la leyenda en la que os habíais convertido, y tomé algunos recuerdos que añadí a mi colección de recortes. Dijeron que la vivienda seguía vacía, aunque ya había sido vendida a alguien de fuera del pueblo al morir tus abuelos, todo el patrimonio invertido en tu educación, y tu paradero, o el de cualquier familiar tuyo, desconocido, pero no por ello me desanimé; no te había encontrado en mi primer intento, pero sentí que lo haría cuando el momento fuese propicio. Supe que debía iniciar mi peregrinaje sin más demora y, mientras tanto, recuperar la casa y retornártela, entregarte el rincón que con tanto amor te abrigó, que era justo hacerlo, así que dejé un número de contacto y pedí ser avisada en caso de que volviese a estar a la venta o se supiese algo de ti.

»Un poco desorientada, sin saber siquiera por dónde empezar, reagrupé toda la información que tenía y me dirigí a los registros civiles de las comarcas que creía que podían estar albergándote, pero, al no ser pariente tuyo, ninguno me daba información concreta. En realidad, no tenía idea de si aún estarías en la misma provincia o acaso en cualquier otra de la península, tal vez en el extranjero, pero no me iba a rendir, sabía que solo el encontrarte me completaría y podría vivir en paz, habiendo cumplido la sagrada promesa que, sin siquiera haber pronunciado, le había hecho a tu padre.

»Pasaron veranos, inviernos y el resto de estaciones muchas veces, mi frente se arrugó y la comisura de mi boca se marcó profunda, tuve amigos y amantes, lloré traiciones e ilusiones cumplidas y, sin embargo, aun pareciendo increíble, el día más bienaventurado de todos llegó cuando mi búsqueda dio fruto. De un modo casi simultáneo, llegó el desenlace del plan. Supe de tu paradero tras haber contratado a un investigador privado, y la casa salió en venta y conseguí comprarla, ambas cosas en el espacio de seis meses tras la espera de toda una vida.

»Al girar la llave de la puerta y cruzar el umbral, esperé un poco antes de adentrarme, temiendo romper un hechizo, malograr el final de una novela o desdecir un amor, pero no pasó nada tan grande, tan solo un gato sorprendido saltó por un ventanal agrietado. No puedo explicarte lo que sentí entre un puñado de viejos muebles cargados de polvo y carcoma, es indescriptible, emoción, gratitud, júbilo y abatimiento, una extraña mezcla que bautizaba el comienzo de mi último propósito por conseguir: aproximarme a ti, la parte más importante y que daría cohesión al resto.

»Quise hacerlo decenas de veces, sin encontrar un pretexto para abordarte, temiendo tu reacción, que el acercamiento de una manera errónea pudiera alejarte definitivamente de mí, o peor, dañarte de algún modo, y te observaba desde la distancia dándole vueltas a la cabeza buscando una manera de hacerlo. Aprendí a reconocer tu caminar entre la multitud y tu entusiasmo tras tu atuendo, otear tus rutinas desde la distancia y memorizarlas, e incluso disfrutar con tus alegrías y tus tristezas, no tan difíciles de adivinar tras tus gafas de sol, pero, aun estando a veces tan cerca, cruzándote e incluso tropezándonos, no era capaz de encontrar la manera de revelarte estas memorias, de justificar su comienzo.

»No obstante, creo que los lazos, aunque invisibles, existen, y el nuestro anudaba con fuerza un gran idilio. El día que te desmayaste en la calle, yo te había estado siguiendo. Para entonces, sabía que no podía aplazar más nuestro encuentro, que mi conciencia no me lo permitiría, y así esa oportunidad, con ambas manos, acompañándote e imponiéndome, deseando que ese encuentro fuese suficiente para mantenernos unidas lo necesario y entablar una amistad. Las semanas hasta tu llamada fueron difíciles, pero no podía hacer nada más de lo que había hecho, comprendía que debía dejarte hacer a ti y mantenerme al margen, y cuando al fin escuché tu voz en el teléfono, supe que todo iría bien, que nuestros caminos se habían vuelto a entrelazar.

»Quiero que sepas que durante estas semanas juntas he renacido, que cada mañana ha sido una ventura ansiada por muchos años y que he sido dichosa cocinando para ti con mimo y capricho, teniéndote a mi lado en la mesa y oyendo tus palabras, y que ahora, lo único que me queda pendiente es oír de tu boca que has encontrado en estos días el primer cabo para llegar a la serenidad que tanto mereces, y tal vez tu perdón por todo lo que pude haber hecho diferente.

*****

Durante toda la noche he escuchado a Elisa y ahora que se ha callado me mira fija sin articular sonido alguno, vacía como la cafetera que hemos apurado hasta el fin, esperando a que yo reaccione; entonces sabrá cómo sentirse y actuar, pero ni yo misma sé lo que siento, así que empiezo a hablar y dejo que el resto ocurra solo.

—En sobremesas ardientes como la de estos últimos días —le digo—, mamá preparaba limonada y, después, al caer el fresco, nos la tomábamos juntas en el patio, sentadas en sillas de mimbre. Algunas tardes, papá se nos unía y éramos muy felices; mamá no paraba de sonreír y mirarle mientras él contaba historias de Cuba. Yo les observaba a ambos, disfrutando de mi familia, entendiendo sin saber casi nada del planeta y sus rotaciones, que era esto lo que estaba bien, lo que quería cada minuto de cada día para nosotros. De la cocina se escapaba el olor a cena medio preparada, y hasta hoy siento retazos de aquel conforto al distinguir aquellos aromas, aceite de oliva caliente, ajos rehogados, cebolla picada y perejil recién cortado, en cualquier lugar, sea restaurante de lujo o decrépito bar.

»No lo sé, no consigo precisar cuándo parte de mis memorias me abandonaron o cuando hui yo de ellas, cuándo el duelo cubrió el deleite por vivir, tal vez aquella tarde en que ingresé en el colegio, esos cabos de los que me hablas se partieron y me dejaron a la deriva, flotando en una dimensión paralela donde no había felicidad, pero tampoco daño, no pretensiones ni desencantos. Fui transportada, sin explicación o amortiguamiento alguno, a una morada aséptica donde las posesiones eran igualadas al resto y la identidad difuminada con ropas y abrigos uniformados. Cada objeto clasificado y organizado en un cajón o armario determinado, en el mismo mobiliario y la exacta posición para cada una de nosotras, anulando así manías o preferencias. Las horas pasaron a tener un uso concreto sin cabida para la espontaneidad o las fantasías de una niña pequeña. No había espacio ni momento para entre dos sillas colgar una sábana y dormir bajo la carpa de un sultán, ni se podía una apegar a ese lienzo que desde tan lejos un emperador nos trajo de Japón. Se acabó el arcón lleno de tesoros y los escondrijos que ocultaban tantos secretos y los dulces, y los besos, y la inmensa ternura de mi infancia.

»Entonces, supongo que aprendí a olvidar para que el llanto disminuyera, a controlar y acortar mis sueños para no alentarme y sufrir con ellos, a desmembrar y analizar los sentimientos para no afligirme con nuevas decepciones. Diseñé en mi subconsciente un plan a salvo de los otros navegantes, potenciales rivales que podían dar y después hurtar sin previo aviso, amar y abandonarme sin explicación alguna, y me cerré a la camaradería, la confidencia y el afecto para crecer excluyéndome de lo que podría pasar, huir de lo que parecía sucedería y así prever cualquier altibajo emotivo. No me daba cuenta de que lo que yo creía me haría más fuerte, era un signo de debilidad.

»Digo en mi defensa que dudé con frecuencia, que al contemplar una pequeña probabilidad en la corriente estuve a punto de saltar, pero siempre era interceptada por una ola impertinente, apenas modesta ondulación, que bastaba para reafirmar que la precaución era la mejor forma de prevención. El tiempo pasó rápido, la coraza se hizo dura y pesada, difícil de cargar y casi impenetrable, y cada intento hubiera requerido más vigor físico de mi cuerpo ya agotado en contener y negar, en subyugar a un espíritu puro y libre, más ahínco psíquico de mi incrédulo intelecto, y me venció el temor al fracaso, desistí exhausta mientras las embarcaciones se separaban de mí y yo me acurrucaba en mis convicciones y mi reclusión.

»Me rendí a mí misma, mi peor enemigo, mi único enemigo, porque ahora veo claro que no había adversario alguno en esas balsas, que era solo yo la que me castigaba al abrazar aquella teoría condenándome al destierro y cerrándome la posibilidad de cualquier tipo de gozo, convirtiéndome en la voraz espectadora que desde cubierta observaba a los demás divertirse a tiro de piedra y arriesgar sus corazones mientras el mío quedaba intacto, resentido e inhabitado, pero a salvo.

»Claudicar fue mi perdición, abandonar lo mismo que naufragar. Aquellos crueles sucesos en mi temprana infancia, como tampoco los que llegaron después, fueron diseñados para mí en exclusiva, ni se quebró ley alguna por mi causa, aquello era simplemente la vida depositada en mis manos para modelar y dar sentido, a menudo oscura, como las aguas del mar por la noche, pero que observadas con cuidado muestran el refulgir de millones de astros.

»En los años siguientes, tampoco supe advertir nada de ello, no sospeché siquiera que había otra manera de interpretar lo que me había ocurrido, que era posible decidir verlo de otro modo, que el sentido de los días no me sería dado, ni yo lo encontraría por casualidad, sino que debía construirlo, pero ahora estoy segura de ello. Uno se cree seguro en sus costumbres, establecido y conformado en sus modos aun cuando no esté satisfecho por completo, pero una mañana, el viento sopla con más fuerza y te arroja al lodo sin contemplación, embarrando tus esquemas; entonces te choca y confunde la fragilidad de aquello que habías trazado, con asiduidad te derrumbas presa de un pánico incontrolable, pero en otras ocasiones eres lo suficientemente pertinaz como para, con docilidad, izarte y comenzar de nuevo tu marcha sin demora, casi en un acto de rebelión, y yo sé, Elisa, que sin tu complicidad no hubiera conseguido levantarme.

»Tú bien sabes que he roto cada hueso de mi cuerpo, pero lo que no sabes todavía es que gracias a tu generoso silencio no solo he podido reaccionar al miedo, sino además detener y organizar el caos en el que vivía. Sé que a mi alrededor, a lo largo de mis años, habrán reposado todo tipo de indicios, que mi itinerario habrá estado plagado de pistas claras y subrayadas, pero hay que saber mirar y oír, y yo he sido como una fiera herida y desbocada que, dando bandazos, no iba a hallar el camino cierto nunca. Ha sido tu entrega la que me ha permitido aislarme de toda distracción y hacerlo posible, y por si esto no fuese suficiente, me has devuelto mi pasado, y con él una mirilla hacia el futuro.

»Las cartas que has custodiado para mí han sido como hilos que suturasen una herida, como puntadas que hilvanasen retales, y quiero leerlas una y otra vez hasta llegar a aprender y sentir ese amor que mi madre describe en ellas.

»Ella, mi madre, escribió esas líneas maravillosas, son los cuentos que tanto recalcó para que no cayesen en el olvido, pero que lo hicieron, y es a ti a quien tengo que darle las gracias por recuperarlos, a tu voluntad férrea y determinación para que no se perdiesen en el anonimato del pasado que engulle gemas insospechadas. Gracias por permitirme conocer un poco más a aquella mujer pálida e incógnita que guardaba en su interior el fuego del fervor y su incertidumbre, y por hacerme sentir igualmente orgullosa de mi padre, intrépido aventurero, que apostó por su romance, y arriesgando la seguridad que poseía en este pequeño pueblo, se embarcó en busca de un porvenir que ofrecer a la persona que amaba. No volvió solo a desposarla, sino acompañado por sus demonios, que interceptaban sus pasos y revolvían sus nobles ideas, pero intentó superar sus debilidades y equilibrar sus carencias con cada sonrisa tímida, esforzada, que no forzada, queriendo más que nada en este mundo dar lo que le pedían y desesperándose en cada atardecer, que se le escapaba sin haberlo conseguido.

»Cómo lamento sus frustraciones e ingenuidad maltratada, y cuánto los admiro a ambos, porque, sin ser perfectos, apostaron un día tras otro por aquello en lo que creían. Ludópatas insaciables jugando al amor.

»Quisiera haber heredado esa valentía que ellos tuvieron para arriesgarse en el vacío del amor, dádiva prodigiosa, sea cual sea su longevidad, y aunque no lo he hecho hasta ahora, pienso buscarlo en mí, en algún rincón debe de hallarse, no quiero marcharme de esta tierra sin amar con esa devoción e intensidad que ellos tantearon.

»No me había dado cuenta antes de que yo formaba parte de una andana que sobrevivió sufrimientos, plagas o desamor, que amarró sueños generación tras generación hasta llegar a mi humilde persona, y ahora, gracias a todo lo que he aprendido a tu lado, veo que, pese a no haber creado nuevos eslabones que necesiten mi empuje para continuar, no por ello carezco de obligaciones. Soy tal vez esa última argolla que cuelga modesta del árbol de mis antepasados, pero no sin importancia, porque la mirada que me devuelve el espejo no está sola, nunca lo estuvo, y no puedo ignorar tanto esfuerzo y esperanza como en mí reposa, sino poner tesón para enaltecer quien soy y de dónde vengo, en recuperar los momentos malgastados mientras pueda.

»Todo esto, querida Elisa, lo has desencadenado tú, y no quiero perderte jamás. Deseo que nuestra amistad sea especial por los años que vengan en adelante y lo digo con ansia por luchar y sin ánimo de claudicar ante nada.

»Voy a apurar el tiempo que me quede haciendo lo correcto, lo que siempre debí hacer, rescatando y restaurando con humildad y coraje aquello que me honra, y después, añadiendo nuevos adjetivos a mi persona que me hagan más indulgente y compasiva para con otros y conmigo misma. Adoptaré una nueva filosofía donde equivocarse sea parte de aprender, llorar por una pérdida sea alegría pasada y padecer recelo sea permitido y no recriminado, porque es un sentimiento más que alivia heridas, pero sin consentir que me aleje de mis resoluciones ni me consuma, porque necesito continuar hasta encontrar los centelleos entre la marea, aun cuando, como ahora, se encuentre habitada por Leviatán y sus voraces fauces. No me someteré con tanta facilidad ni ante él ni ante nada, porque quiero ser reconocida por cómo me alzo y no por cómo me desplomé un día terrible.

»En mi breve estancia aquí, a tu lado, me he convencido de qué es lo que quiero por encima de todo: trabajar hasta forjar y ahondar en este mi nuevo espíritu, y aunque no será fácil, la decisión es un comienzo, y el resto cuando llegue. No voy a negar que habrá instantes en que casi me estrangulará el pavor, y que viviré ocasiones de confusión en las que poco o nada podré hacer más que un ovillo con mi cuerpo, pero hoy, en el presente, surge en mí un ansia inédita por visitar el mañana, por batallar por él, esté cerca o lejos, porque hay tanto que hacer que es casi injusto no intentarlo.

»Se puede caminar toda una eternidad y no avanzar un palmo, no escribir una línea, no inventar un vocablo, como yo lo he hecho, pero hay que ser agradecido y atreverse, y por ello quiero viajar al otro lado del abismo, aquel que ya frecuenté, pero que no intenté cruzar u osé saltar, y perderme ante lo inusitado, feliz de ir adonde mis pasos me lleven, sembrar sin esperar recoger nada, por el simple placer de la anticipación en obtener un nuevo brote, y conocer a tanta gente como me falta, dejarles que me enseñen pequeñas cosas que me traigan una dicha desproporciona, emociones que me abrumen de tan intensas y, sobre todo, amar, adorar, idolatrar a aquel cuyos ojos destilen ternura y pasión por mí, pero también lujuria y rendición.

»Elisa, mi agradecimiento es infinito por lo que has hecho por mí; te ruego que no me pidas perdón por nada. ¿Cómo podría acusarte de algún delito si te lo debo todo? Aceptaste el compromiso de entregarme mi legado y has sido leal a tu promesa hasta conseguirlo; ¿qué más se le puede pedir a un ser humano que la perseverancia? Qué extraordinaria es la amistad, que a veces se encuentra en la persona más insospechada de todas.

»El hombre de la carretera me dijo que poseía lo imprescindible, un bastón fiel y el universo, y ahora sé lo que quería decirme, porque he encontrado ambas cosas junto a ti. Una amistad de las que jamás había tenido, una que ha ganado mi confianza cuando yo creía que era cosa imposible de lograrse, y que me ha apoyado y refugiado cuando no existía camino por donde atajar, dándome la oportunidad de volver a empezar y poder conseguirlo todo. Así es como me siento, capaz de ello, llena de fuerzas e ilusiones, y sé que es en ese segundo que hay entre adjudicar o comandar los pensamientos y acciones en encrucijadas complicadas, en que se decide la suerte de la batalla, la victoria o la derrota, el domado y dominado, la diferencia entre el estar o el haber perecido ya, aun sin haber exhalado la última bocanada de aire.

Adorada hija mía:

Ahora mismo, en este atardecer tan difícil mientras te escribo, la luz acaricia tu piel sedosa y se refleja en tus pupilas de serpentinas de colores, en el espejo de tu alma clara y limpia. Tus dedos diminutos se acercan a mí revoloteando, queriendo palparme, pidiéndome cariño, y yo los estrecho entre los míos y te digo que no me queda más, que el primer día que me encontré con tus ojos lo robaron todo y no me cabe duda de que siempre te acompañará; por favor, no lo cuestiones tú llegada la hora.

Mi mayor tristeza ante este desenlace es el vacío que a ti te queda, pensar que me necesites alguna noche tormentosa y yo no pueda reconfortarte, o que desees aclarar los misterios que tu primer amor te brinde y sea otra voz la que te los resuelva. Es esto lo que lo hace tan terrible, no mi miedo a partir, sino el pavor por tu carencia, y lo que más desearía es poder protegerte y evitarte esta injusticia, pero no puedo y es eso lo que me desgarra.

El único consuelo que encuentro es escuchar tus palpitaciones bajo la piel, convencerme de que, aunque frágiles, están determinadas a caminar por entre los enigmas que tapicen tu travesía, y que esta carta entre tus manos tal vez pueda ayudarte tanto a ti como a mí, saber que si necesitas una ayuda en algún remanso del camino, serás capaz de acudir a ella y hacer tu recorrido menos solitario y espinoso.

Querida hija, desde temprano vas a conocer la confusión y el desvelo. Tu pequeño cobijo constante y seguro te será arrebatado antes de lo que por justicia debería ser, y duele más que nada imaginarte perpleja y alterada, pies descalzos y pelo enredado mirando a tu alrededor y absorbiendo a bocanadas forzadas esa lección apresurada y dura para tu corta edad. Entenderás de inmediato que no hay nada seguro, nada, y desconfiarás de mí y de todos los que hasta ese momento pusimos tu existencia precediendo las nuestras, de lo que te enseñamos y ofrecimos. Sentirás náuseas producto del nerviosismo por primera vez, y alojará frío y calor tu cuerpo infantil, enfado y llanto dolorido.

Todo y nada a la vez experimentarás, y a pesar de este siniestro, de tanto prejuicio y crueldad, tengo que pedirte un favor, precisamente en esa hora inoportuna, rogándote perdón anticipado por semejante osadía, pero si lo hago, es porque entreveo que, aunque minúscula entre mis manos, eres supremo grano de arena capaz de cambiar un desierto con tu tenacidad, tesoro de valor incalculable que me llena de orgullo y optimismo, y sé que podrás llevarlo a cabo.

Te imploro que cada mañana bebas por ambas la luz que ofrezca el día, como si fuese el primero, el esperado por largo tiempo, y que lo afrontes con cabeza erguida y paso lento, grandiosa pero consciente de lo pequeño y esencial, los detalles que hacen que el mundo merezca la pena. Deseo que flotes valiente en el infinito que te sostiene, sin luchar por lo perdido ni preocuparte por lo venidero, ufana con la simple y compleja acción de permanecer en esa corriente plagada de ondas, grandes y pequeñas, serenas o violentas, agradeciéndolas todas por igual, y al pasar de los años, no dejes que estos mellen en ti apilando heridas, ni mucho menos consientas que alguna de ellas se encallezca, conserva la inocencia, la curiosidad y la esperanza intactas. Sigue libre e inquisitiva, sin excusas, porque solo buscando encontrarás, y cuando por fin llegue el cariño a tu puerta, el amor en cualquier forma, abárcalo sin remisión o pudor y adormécete en sus brazos retornándolo con candidez, sintiendo con ese gesto el poder de tu corazón.

Amada hija, la vida está para ser vivida, no sufrida, es corto el tiempo y por eso hay que hacerlo contar. Te ruego que el tuyo sea intenso y próspero.

A partir de aquí, tus alegrías serán las mías; tus lágrimas, mis amarguras, y todo el sentido de mis días se concentrará en tus dulces labios, combándose en prodigiosa sonrisa.

Jamás dudes de ti y nunca te amedrentes ante tu propia fortuna.

Todo mi amor, querida hija.

Mamá

*****

Este otoño, la lluvia huele diferente. A vapor que sube de la tierra todavía cálida del estío, a ozono bienvenido. Mis manos sobre el volante lo giran cautelosas, tomando el camino con determinación y sigilo, mientras la radio toca una canción que parece me habla.

«Você não merece sofrer merece samba, os olhos são portas saídas de um coração, então você pode chorar, do novo o amor chegará, encantado, encarnado, esculpido pelo mar».

Aprieto el botón de bajada con mirada pícara, escuchando expectante el mecanismo, un escalofrío recorriéndome la espalda.

«Você não merece ilusão, merece beijos, um jeito, um fato novo, um salto, um solar. Para que visitar solidão na borda infinita de um copo de bar, se eu posso fazer o que posso lhe fazer sonhar».

La capota se abre con lentitud y mi flequillo se arremolina por mechones que rápido se engrudan por la humedad y derraman agua sobre el rostro. La borrasca se intensifica, pero el aire es aún tibio y la ropa se ondula medio seca, como mi media melena. Acelero y la velocidad me empapa, la camisa me atrapa y me da la risa cuando la peluca sale disparada y se pierde en la distancia. Imagino la cara de quien la encuentre toda enredada en la cuneta, la historia que su cabeza construya.